気になる貴公子は神出鬼没!?

Sakura Mashita
真下咲良

JN097262

Honey Novel

Illustration

炎かりよ

CONTENTS

気になる貴公子は神出鬼没⁉

Honey Novel

栄華を誇る大国ゴルダドの王宮は広い。

中央宮殿は内庭を取り囲むような造りのおおむね四階建てで、凸型を横に長く引き伸ばした形だ。部屋数は大小六百以上。王族や主要貴族と彼らの世話をする使用人が暮らし、外国からの客人も滞在している。

初めてゴルダドの王宮に来た人は、絢爛豪華なゴルダド王宮に圧倒され、あまりに広くて迷子になることも多い。

中央宮殿の周囲は、これまた広大な外苑が広がり、東と西と南には趣の異なる小宮殿が点在している。音楽会や演劇会や客人の宿泊にと、小宮殿は多目的に使われる。中央宮殿から石畳の道が整備されていて、散策しながら小宮殿に向かうのも一興だが、歩いていくには遠く、大抵の人は馬車を使った。

天気のいい日は奥庭に出て縫物をするのが、最近のエルゼの日課だ。

祝賀の近づいているゴルダドでは内外から貴族が詰めかけ、王宮はどこもかしこも人で溢れている。彼らと顔を合わせたくないエルゼには、外苑の北側に位置する静かな奥庭は格好の避難場所なのだ。

右手に裁縫箱、左手には油紙に包まれた封書、膨らんだ布のカバンを斜めがけして、エルゼはいそいそと使用人専用通路を歩いていた。奥庭に行く前に封書を届けなければならないからだ。

行先は中央宮殿の王族棟だ。いきなり訪ねるのはあまりよいことではないが、先触れすると厄介なので直接訪ねることにしている。

「この時間ならお部屋にいらっしゃるはず。急がなきゃ。お忙しいから予定が入るかもしれないもの」

エルゼは歩みを速めて使用人通路を進み、角を右に折れて飛び上がりそうになった。侍女頭のセレがやってきたのだ。セレは裏方の仕切り役だ。侍女や小間使いたちの監督官でもある。

祝賀の準備や客の接待で裏方はてんてこ舞いで、侍従や侍女、小間使いや下働きまで、増え続ける仕事に毎日走り回っている。

セレは彼らに指示を出すため奔走しているはずで、こんなところで出くわすとは思わなかったのだ。

逃げるわけにもいかない。エルゼは腹をくくる。

「セレ、ごきげんよう」

「アンリエッタ様、私共にそのように丁寧な挨拶は無用ですと、常々申し上げておりますのれる。

に。ですが、お声をかけてくださるのは嬉しゅうございますよ」

小さい頃から何くれとなく世話を焼いてくれるセレは、小言の後にはどこかしら褒めてくれる。

だが、エルゼがほっと胸を撫で下ろすと、セレは表情を改めた。

「ところでアンリエッタ様」

そら来た、とばかりにエルゼは背筋を伸ばし、セレより先に口を開いた。

「このドレスは動きやすいの。靴も歩きやすいし」

飾り気のない濃紺のドレスと踵の低い靴は、小間使いのお仕着せより地味だ。

「お召し物のことではございません」

「髪ね。髪は切りたくないわ」

黒髪を後頭部で簡単に纏めて結い、耳と項を露にしているが、前髪は長く、簾のようになって顔半分を覆っているのだ。すみれ色の瞳は隠れ、形のよい小鼻とふっくらした唇が見えるだけだ。

みっともないとわかっているが切りたくなかった。前髪はエルゼの盾なのだ。

髪の隙間から様子を窺うと、セレは小さな溜息をついた。

「御髪のことでもございません」

「違うの？」

拍子抜けした。顔を合わせるたびに、そろそろお切りになってはいかがでしょう、と言うからだ。

「これから仕立て部屋に向かわれるのですか？　また侍従長に叱られますよ」

「マルガお姉様のところよ」

「先触れなさいましたか？」

「いいえ、でも、誰かを先に走らせないでね。大事になってしまうから。まだお休みかもしれないけれど、この時間じゃないとお会いできないし」

突然訪ねてもマルガお姉様は怒らないわ。これがあるんだもの。

エルゼは手にしている封書に目を落とす。

「でしたら、私が荷物をお預かりいたします」

「かさばるだけで重くないの」

「そういうことを申しているのではございません。小間使いのミラがおりますでしょうに。先日侍女も派遣しましたし、手の空いている者はいくらでもおりますよ。遠慮なさらずお使いください」

「祝賀が近づいて皆忙しそうだから、自分の荷物ぐらい自分で運ぶわ。マルガお姉様の誕生日プレゼントの材料なの。お好きな色を選んでいただこうかと思って」

布の端切れを詰め込んであるのを見せる。

「小間使いたちへの気遣い、ありがとうございます。ですが、これは常々申し上げておりますが、使用人通路をお歩きになるのはおやめください」

「でも、今、王宮は…」

ゴルダド貴族や他国から来た客人が行き交う表廊下は、できるだけ歩きたくない。

「お立場をお考えください。あなた様はゴルダドの四姫なのですよ」

「私を姫様だなんて、誰も思っていないじゃない」

ゴルダド国王には、三人の妻と六人の娘がいる。

近国から嫁いできた王妃は文武に優れた一姫マルガリテ、愛らしい双子の五姫ソアラと六姫エリアの三人を、ゴルダドの有力貴族出身の正妻たちはそれぞれひとりずつ、頭脳明晰な二姫ブレンダと美貌の三姫リザンドラを産んだ。

残念ながら王子は生まれなかったが、跡継ぎとして十分な才能があるマルガリテは誰からも愛され、姫たちは王宮の花と咲き誇っていた。

エルゼは四番目の姫だ。

母は王宮の仕立て部屋で働いていたお針子で、仕立ての腕を王妃に買われて専属として近くに侍(はべ)るようになり、国王の目に留(と)まったのだ。そしてエルゼを産み、エルゼが四つになる前に亡くなった。

ゴルダド国王は正式な妻を三人まで持てる代わりに、愛妾(あいしょう)を抱えることはできない。それ以前に、愛妾という形式のないゴルダドには住まわせる後宮もないのだ。

エルゼの母のように、国王の手のついた女性は生活の保障が与えられる。だが、子を生しても国王の子とは認められなかった。

だからか、父の国王はエルゼに無関心で、エルゼは国王と対面したことがない。

王妃は母を亡くしたエルゼをかわいそうに思ったのだろう、エルゼに新たな名アンリエッタを贈り自分の娘とした。

だが、これはエルゼにとって不運だった。ゴルダドでは存在しないはずの庶子が、それも、王妃の娘という肩書きのついた庶子が誕生することになってしまったからだ。

一部の役人が難色を示したものの、そのすぐ後に王妃の懐妊がわかって国中が沸き、国王の娘として公式記録にない四姫アンリエッタは、なし崩しのまま存在することになった。

商家や農家に養子に出されていたら、とエルゼは考えることがある。新たな両親を得て、心豊かな暮らしがあったのではないか、と。

アンリエッタという名を得て王族となったことで、エルゼは王宮から逃れられなくなってしまったのだ。

「ご自身を貶めるようなことを口になさってはなりません。もっと大切になさってください」

「セレも知っているでしょう。私がここでどんな立場なのか」

「だからこそ、使用人と見間違うようなお姿はやめていただきたいのです」

そんなに酷くないと思うんだけど…。

エルゼは自分の姿を見下ろした。

「これから祝賀の日まで、ゴルダドには国内外の貴公子が大勢おいでになられます」

「ええ、マルガお姉様に会いに」

気の早い貴公子は二ヶ月も前から来ていた。

貴公子目当てに貴族令嬢たちも集い、王宮は大変な賑わいとなっているのだ。

「長い前髪をお切りになるか上げるかなさって、美しいお顔をお見せください。王妃様が贈ってくださったドレスをお召しになり、舞踏会や茶会に出席なさいませ。あなた様を見初められる方がいらっしゃいます」

とんでもないことを言い出すセレを、エルゼは笑った。

「やめてちょうだい。そもそも、私は舞踏会や茶会に呼ばれないのよ。招待状もないのに出席しようもないじゃない」

「お断りになってばかりいらっしゃるからでございます」

「出たくないからいいの。出たって、私を見初める方なんていないわ」

「あなた様を望まれる方がきっといらっしゃいます」

いたとしても、庶子だと知ったら掌を返すに決まっているのよ。

「結婚する気はないの」

「何をおっしゃるのです。もっと自信をお持ちください。アンリエッタ様は大国ゴルダドの四姫として――」

「私をアンリエッタと呼ばないで！」

エルゼの声が使用人通路に響き渡った。

「ごめんなさい、大声を出して。でもお願い、セレ。こうして二人でいる時はエルゼと呼んで」


セレと別れ、エルゼは王族棟近くまで来た。使用人通路を出て表廊下をしばらく歩き、床の模様が変わる廊下が三つに分岐したところで足を止める。

「セレの気持ちは嬉しいけど、私はお姉様たちとは違うのよ」

大理石をモザイク状に敷き詰めた長く続く廊下を眺め、溜息交じりに呟く。

結婚する気はないと言ったのは強がりだ。

すてきな人と出会い、幸せな結婚をしたい、誰かに愛されたいと密かに願っている。息苦しい王宮から攫ってくれる人が現れることを夢見ているけれど…。

「私のところには誰も来ないわ」

王宮の暮らしを捨てて、外に飛び出す勇気もない。

「意気地なし」

床のモザイク柄を目で追っていると眩暈がしてくる。

エルゼは顔を上げ、今さら自分の境遇に愚痴を言っても始まらないと、左手に持った封書でぺちぺちと頭を叩いた。王族のプライベート域まではもう一息かかるのよ、と気を取り直す。

エルゼは以前、王族棟の部屋を使っていた。四姫アンリエッタの部屋は暮らす者のいないまま残されている。だが、戻りたいとは思わない。ここに楽しい思い出はなく、姉のマルガリテがいなければ、足を踏み入れたくない場所なのだ。

人と会いたくないエルゼは、利用されることの少ない廊下を選んで進んだ。とはいえ、花や鳥を模って着色された壁の漆喰飾りは見事だ。水の流れを表したような文様の浮かぶ大理石の彫像が等間隔で並び、所々置かれているソファーやオットマン、調度品は、どれも上質で豪華だ。

「顔見知りの衛兵だったらいいけど…」

前回マルガリテを訪ねた時、エルゼを知らない衛兵に不審者扱いされたのだ。荷物を抱えて歩く姿は自分でも怪しいと思う。

「誰にも会いませんように」

辺りを窺いながら進んでエルゼはぴたりと足を止めた。彫像の陰のソファーから人が起き上がったのだ。金糸でツタ模様が刺繍された水色の上着を羽織った貴公子だ。

嘘でしょ、なんでこんな時間にいるの？

今日は非常に運の悪い日のようだ。

貴公子は立ち尽くしていたエルゼに気づき、両手を広げた。

「おお、アンリエッタではないか。いつもどこにいるのだ。穴倉にでも隠れているのか？」

隣国ナーラの第二王子ウサイ。

色白で見目が整っているウサイは、細身の身体と癖のない肩までの金髪に青い瞳。前髪を生え際近くでぱっつんと切っているのは不評だが、それでも貴族の令嬢たちには憧れの王子であり、エルゼの天敵だった。

「ウサイ王子、ごきげんよう」

近づいてくるウサイに挨拶して通り過ぎようとすると、ウサイが行く手を遮って抱擁しようとする。エルゼはするりとかわし、手の届かないところまで距離を取った。

「おいおい、久しぶりに会ったというのに、つれないではないか。どうせ暇なのだろう、酒の相手をしろ」

相変わらずの命令口調だ。国王に気に入られているウサイは、侍女や小間使いにも我儘言いたい放題で、まるで自国の王宮のように勝手気ままに振る舞っている。

使用人たちは陰で『ウザイ王子』と呼んで嫌っていた。

自称洒落者（しゃれもの）のウサイはシャツもスカーフも着崩れ、全身葡萄酒（ぶどうしゅ）の染みだらけで酒くさかった。

祝賀が近づいた王宮では、毎日、茶会や舞踏会や晩餐会（ばんさんかい）が催され、小宮殿では客のために音楽会や劇も用意されている。同じ夜に趣向の違うサロンが三つ四つと開かれて、趣味を同じくした者たちが集まり夜通し語らっている。華やかな場所が大好きなウサイはあちらこちらと遊び歩き、酔い潰（つぶ）れて寝ていたのだろう。

迂闊（うかつ）だったわ。

「ご遠慮します。お酒は飲めませんから」

「私の誘いを断るのか」

「仲のよろしいリザンドラお姉様を誘われてはいかが？」

「リザンドラに妬（や）いているのか？」

ちろりと流し目を送ってくる。

気持ち悪い！

鳥肌が立ち、顔をしかめそうになる。

エルゼはウサイが大嫌いだ。幼い頃に散々虐（いじ）められたからだ。

鞭を持って追いかけ回され、髪を引っ張られ、真っ暗な物置に閉じ込められたこともあった。大切なドレスを汚されたことは未だに恨んでいる。

ゴルダドには八歳の子を祝う子供の日がある。その齢までに亡くなる子が多いからだ。エルゼを産んでから体調を崩しがちだった母は、自分の命が長くないとわかっていたのだろう。娘の成長を願い、祝いの日のために生地の染めから手掛けたドレスを仕立てていた。裾に向けて黄色から淡いオレンジ色へと変化する美しいドレスは、亡き母の愛がぎゅっと詰まったエルゼの宝物で、子供の日が待ち遠しかった。

王宮では毎年王妃主催の祝いの会があり、エルゼも母のドレスを着て出席した。ドレスは注目を集め、エルゼは母を誇らしく思った。

だが、会場から部屋に戻る途中、それは起こった。エルゼに向かってウサイが何か投げつけたのだ。足元で割れる音がした。投げつけられたのはインク壺で、青黒い染みがゆっくりと胸元に広がるのを呆然と見ていたエルゼを、ウサイは笑ったのだ。

ドレスの染みのように、エルゼの心にも消えない染みが残った。

王妃に訴えることもできたが、ウサイの報復が怖くてできなかった。沈み込んだエルゼを気にかけたセレが、王妃に報告したけれど…。

『残念ね。代わりにはならないけれど、何枚でも好きなだけドレスを作っていいのよ』

セレから伝えられた王妃の言付けは、エルゼの望むものではなかった。

虐められても、お針子の娘とバカにされても、王妃のよき娘になろうと努力してきた。自分はいてもいなくてもいい存在だと子供ながらに感じていたが、娘にしてくれた王妃のために健気(けなげ)に耐えてきたのだ。

エルゼはあの日、四姫アンリエッタであることをやめた。

亡き母のドレスがどれだけ大切なものか、王妃はわかってくれなかった。代わりのドレスも慰めの言葉もいらない。ただ、抱きしめてくれるだけでよかったのだ。

王妃は母であって母ではない。

自分も娘にはなれないと思った。

私のお母様はひとりだけ。

渋い顔をするセレに頼み込み、十歳になったエルゼは王族棟から母と暮らした北の棟に部屋を移してもらった。前髪を伸ばすようになったのもこの頃からだ。ままならない自分の境遇への苛立(いらだ)ちから始めたことで、国王夫妻へのささやかな反抗でもあった。

今年エルゼは十九歳になるというのに、あの日から前髪は顔半分を覆ったままだ。使用人のような身なりで過ごすのも、当たり前になっている。

身支度は簡単だし、地味にしていれば自分を厭(いと)う者たちから目をつけられることもなくなり、一石二鳥だと思ったのだ。

「その格好はまるで小間使いではないか。私がドレスをプレゼントしてやろう。その髪も、私専属の美容師を貸してやるから切れ。そうしたらエスコートしてやってもいい」

プレゼントしてやろうですって、何様よ。贈ってきたらまた捨ててやるわ。

母のドレスを汚された後、ウサイは代わりだと言ってオレンジ色の華美なドレスを贈ってきた。ひらひらとギラギラの交ざった品のないデザインは、いくら高価でも母のドレスの代わりになりはしない。

エルゼは袖を通すことなく、ハサミで切り刻んで捨ててしまった。セレには叱られたけれど、悪いことをしたとはこれっぽっちも思っていない。

「着るものはたくさんありますからお気遣いなく。お気持ちだけいただきます」

「私がドレスを贈るのは、特別なことなのだぞ。素直ではないな。ところで、その手に持っているのはなんだ？」

「ウサイ王子には関係ありません」

エルゼは反射的に封書を左手で抱え込んで身を引いた。

それを見たウサイがニヤニヤと嫌な笑いを浮かべる。昔から変わらない、悪戯（いたずら）や嫌がらせをしようと決めた時の顔だ。

私のバカ。大事なものだと知られてしまったじゃない。

冷たくなった手に汗がにじんでくる。ウサイに中を見られたら一巻の終わりだ。

油紙に包まれた封書は四姫アンリエッタ宛だ。だが実際はマルガリテに来た手紙なのだ。

死んでも渡すもんですか！　マルガお姉様の名誉を守らなければ。

『文通したい方がいるの』

マルガリテから打ち明けられたエルゼは十一歳だったが、姉がその人に恋しているのはわかった。大国ゴルダドの女王になる姉は、特定の男性と手紙のやり取りができないことも。

『叶(かな)わぬ夢ね』

悲しげに微笑(ほほえ)んだ姉は美しかった。

思いを抑えられないほど、誰かを好きになる。

姉が羨(うらや)ましくもあった。

心の中に溜め込んだ思いを姉は吐き出したかっただけだったのかもしれないが、エルゼはなんとかしてあげたい衝動で、いても立ってもいられなくなった。そして、表書きにアンリエッタの名を使うよう勧め、自分がうまく仲立ちすると請け負ったのだ。

送る相手はスペラニア国のジョルダン・ネルソン。スペラニア王宮で働いているというだけで、どんな人なのかエルゼは知らない。

エルゼはマルガリテから手紙を受け取ると王宮の配達人に直接手渡し、返事が来たら自分のところに届けてもらい、使用人を介さずエルゼから姉に渡した。

アンリエッタ姫は男と手紙のやり取りをしていると噂(うわさ)になっても、エルゼは気にしなかった。優しくしてくれる姉のためなら、周りからどう思われても構わなかったのだ。

「封書だな。男に手紙を送っているというのは本当だったのか」

ああ、もう、どうしてこういう時に限って誰も通らないの。

人通りの少ない廊下を選んだことを悔やむ。

「見せろ」

「やめてください」

油紙に包まれた封書に伸びるウサイの手を避ける。

「相手は誰だ。私を焦らしているのか？」

焦らすですって？

勝手に絡んできて、頓珍漢なことを言い出すウサイに腹が立つ。

「素直になれ」

肩に手を置かれたエルゼは反射的にウサイの手を振り払った。

「私に刃向かうのか！」

「きゃっ」

頬をぶたれた。はずみで裁縫箱が大理石の床に落ち、衝撃で持ち手部分が割れる。蓋が開いて糸や針やハサミが散らばり、シンブルが床を転がっていく。

お母様の裁縫箱が…。

ドレスだけでなく形見の裁縫箱まで壊されたエルゼは怒りに震えた。

もう許さない！

積年の恨みが一気に噴出する。

「王子だからって、なんでも許されるわけじゃないのよ」

エルゼは手紙をドレスの胸当てにねじ込むと、ウサイを突き飛ばし、斜めがけしていた布のカバンでウサイをぶった。

反撃されるとは思わなかったのだろう、ウサイは顔を歪(ゆが)めた。

「庶子のくせに」

「庶子ですから、上品さなんて持ち合わせていないわ！」

肩掛け部分を持って振りかぶる。

「うぐっ！」

ウサイの顔にカバンがぶつかる。布のカバンでも、何枚もの色見本生地が入っているから当たれば痛い。

「あっちへ行って！」

エルゼは力一杯カバンを振り回し、両手で顔を庇(かば)うウサイに容赦なく攻撃する。ウサイはやめろと叫び、後ずさった。

ここまでやればウサイは逃げていくと思ったが、予想に反してウサイが向かってきた。憤怒の形相でカバンを摑(つか)んだのだ。

「よこせ！」

「いやよ！」

二人はカバンを引っ張り合った。奪われてなるものかとエルゼは歯を食いしばって全身に力を込めたが、細くてひょろりとしていてもウサイは男だ。力では敵わず、引きずられてカバンを奪われてしまった。

「よくもやったな。お前には躾が必要だ。裸にひん剥いて、身体に言い聞かせてやる。腹の中に私の子種を注いでやろう。お針子の娘が王子の子を宿すのだ。庶子が庶子を産むのもまた面白いではないか」

エルゼは絶句した。手紙どころではない。貞操の危機だ。

口を歪めて笑うウサイは、酷く醜かった。嫌悪で吐き気がする。

虐められた悔しさも、母の形見を汚された怒りも我慢してひっそり暮らしてきたのに、どうしてちょっかいを出してくるのか。

エルゼはこぶしを握りしめ、震えそうになるのをこらえた。ここで弱みを見せたらウサイの思う壺だ。

「大声で叫ぶわ」

「ふん、叫んでみろ。叫んだところで、来るのは衛兵か使用人だ。ゴーストのようなお前を、あいつらが助けてくれるとでも思っているのか？」

反論できなかった。

北の棟で暮らしていたエルゼは、どうかご出席をとセレに促されて社交会にデビューした。社交も王族の務めだと言われたら、断ることはできない。

忘れもしない、三回目の舞踏会だった。踊った貴公子に、一目惚れしたとその場で求婚されたのだ。しかし、エルゼがアンリエッタだと知ると、気まずそうに今の話はなかったことにしてくれと離れていった。

自分の立場を改めて理解した瞬間だった。

エルゼは公の場に出なくなった。式典や夜会の出席を断り続けるうち声はかからなくなり、元々影の薄かった四姫アンリエッタは存在を忘れられていった。

アンリエッタの顔はわからなくても、ウサイの顔は誰もが知っている。ナーラはゴルダドの友好国で、国王のお気に入りのウサイはゴルダド王宮でかなりの影響力を持っている。娘が襲われていても、ウサイが命令すれば見て見ぬふりをして立ち去るかもしれない。ゴルダドの貴族ですらウサイにおべっかを使うのだから。

緊張で心臓が早鐘を打ち始め、呼吸が苦しくなる。

どうすれば。

エルゼが逃げ道を探して一歩下がると、ウサイは一気に距離を詰めてエルゼに飛びついてきた。

「やっ、き――」

羽交い絞めにされて身体が浮き上がり、声を上げる間もなく口を手で覆われる。

「んんんんん、んっんんんん！（あんたなんか大っ嫌い！）」

ウサイのような男に汚されるなんて、絶対にいや！

手足をばたつかせて必死に抵抗するエルゼを、ウサイは力ずくで柱の陰へ引きずり込もうとする。

柱の出っ張りに指をかけてしがみついても、
ダメっ、大理石がつるつるで…。

指が滑ってしまう。

この手が離れたら、ウサイにのしかかられる。

汚される前に舌を嚙（か）んで死ぬ。

エルゼは思った。

私がいなくなっても、悲しむ人はいないもの。

しかし、固く閉じた瞼（まぶた）の奥にいろんな人たちの顔が浮かんだ。

姉のマルガリテ、セレ、侍従長。小間使いのミラや初老の庭師や仕立て部屋で一緒に縫物をするお針子たち。

誰か助けて！

心の中で叫んでも、彼らが来ることはない。

「諦めろ。私を止めるにはゴルダド国王を連れてくるしかないぞ」

ウサイが自信満々に断言すると、

「ほう、それはすごいな」

低く張りのある男の声が聞こえた。

「誰だ！」

ウサイがはじかれたように振り返る。目を開けたエルゼも、男がすぐそこに立っていることに驚いた。

いつの間に…。

大理石の床は足音が響くはずなのに、しがみつくのに必死だったからか、まったく気づかなかった。

大柄な男だ。身長もさることながら、リネンのシャツに包まれた胸板は厚く、身長も体格もウサイを凌駕（りょうが）している。

祝賀に来た他国の貴公子？

王族棟をふらついているのは怪しいが、今のエルゼには天の助けだった。

「朝っぱらからお盛んだ、と言いたいところだが、彼女は嫌がっているようだぞ」

「なんだお前は。邪魔をするな」

ウサイが気色ばむと男は片眉を上げた。

「これがいいのか？」

男は親指でウサイを指し、エルゼに問いかけるような視線を送ってきた。エルゼがぶんぶんと首を横に振ると、だろうな、と白い歯を見せる。

「おいで」

エルゼは緩んだウサイの腕を振りほどき、手を差し伸べる男の元へと走る。

「待て」

エルゼに伸びてくるウサイの手を男が摑んで阻み、その隙にエルゼは男の背後に逃れた。足がガクガクして震えが止まらず、男の広い背中に縋りつく。

「こんな無体が許されると思っているのか」

ウサイは男の手を剝がそうともがいているが、男は微動だにしない。

「無体を働いていたのは貴殿だろうに。彼女に惚れているのか？」

「なっ、何を言うか。私がこんな…こんな…」

「そりゃあよかった。気づいていないのではないかと、同じ男として言いづらかったのだ。貴殿は嫌われているぞ」

「なんだと！」

「それも、毛虫のごとく」

男はウサイを手玉に取っている。

思い通りにならないウサイは、放せと怒鳴りながらかんしゃくを起した子供のように踵で床を蹴りつけている。

「こういうことはやめておけ。嫌がる女を襲うほどみっともないことはないぞ」

男は肩を竦めて手を放した。

「私を誰だと思っている！」

「さあ、知らんな」

「なんだと！」

「聞こえなかったのか。知らんと言っている」

ウサイに追従を言う人は大勢いるが、おちょくる人がいるとは思わなかった。

「命が惜しければ、去れ」

手首をさすりながら憎々し気な顔で男を見ていたウサイは、男の一言に顔色を変えた。腰が引けている。怖いもの知らずのウサイが男を恐れているのだ。

「二度は言わん」

ウサイはびくりと身体を揺らして後ずさり、身をひるがえすと足早に、半ば小走りになって去った。

「助かった…」

力が抜けたエルゼは、へなへなと座り込んだ。

「怖かったんだな。もう大丈夫だぞ」

見上げると、振り返った男は優しい眼差(まなざ)しをしていた。

とても魅力的な男だ。

赤銅色に日焼けした顔は鼻筋が通り、秀でた額に肉厚な唇が男らしさを強調している。日焼けで色が抜けたのか、短く刈り込んだ白っぽい金髪が印象的だ。ちょっぴり粗野な空気を纏っていて、ゴルダド王宮を闊歩(かっぽ)する貴公子とは一線を画している。

二十代半ばくらいだろうか。もしかするともう少し年上なのかもしれない。

エルゼのドレスと似た紺色のズボンに黒革のベルト。ゴルダドで流行している先の尖(とが)った細い靴ではなく、武骨な黒いブーツを履いているのは珍しい。

濃青色の瞳に釘(くぎ)づけになったエルゼは、さっきまでの恐怖を忘れ、魅入られたようにぼーっと見上げた。

「大丈夫か？」

エルゼは座り込んだまま慌てて頭を下げる。

「ありがとうございました」

「ぶちのめす勢いでカバンを振り回していたな」

笑いを含んだ声が下りてくる。

「え、あ、はい…」

見られた…。

「そなたは勇ましいから大丈夫だろうと眺めていたんだが…。すまない。すぐ止めに入れば怖い思いをしなかったのに」

「いいえ…」

レディにあるまじき姿を目撃され、エルゼはいたたまれなくなって散らばった裁縫箱の中身を拾い始めた。

「ああ、これは酷い」

男は大理石の床に膝をつき、糸や針を拾うのを手伝ってくれる。

「お召し物が汚れます」

「構わん。お召し物などというほど上等なものでもないし、二人で拾ったほうが早い。ところで、あの男は誰だ？」

「えっ、ご存じないのですか？」

エルゼは心底驚くと、男は不思議そうな表情を浮かべる。

「有名なのか」

ウサイをからかっていたのではなく、本当に知らないようだ。

「ナーラ国のウサイ王子です」

「ナーラのウサイ…か。確かに、一度会ったら忘れそうもないな、あの前髪は」

こらえきれないといった様子で笑い出した。

燦々と輝く太陽のような笑顔だ。瞬く濃青色の瞳が、エルゼを覆っていた恐怖の黒雲を吹き飛ばしてくれる。

緊張から解き放たれ、エルゼもつられて笑った。

ひとしきり笑うと、男がエルゼの方に身を乗り出す。

「笑ったほうがいい」

間近で見つめられたエルゼは、恥じらって頬を染めた。

「そなたは…もう少し短くしたほうがいいのではないか？」

男の大きな手が伸びてきて突然視界が開けた。男がエルゼの前髪をかき上げたのだ。

エルゼは固まった。

視線がぶつかり、濃青色の瞳が見開かれる。

顔を見て驚かれた。変な顔だって思ったんだわ。

エルゼはショックを受けた。

泣きたいのと恥ずかしいので顔が熱くなる。動悸が次第に激しくなり、どくどくという音が耳の奥から聞こえてくる。身動きができなくてエルゼが視線を彷徨わせると、男がふっと笑った。

「これは…、確かに隠しておいたほうがいいかもしれんな」

男の呟きに、エルゼはこの場から消えてなくなりたかった。

顔を隠すために前髪を伸ばしていたのではないけれど、男はそう思ったのだろう。

もう前髪は一生切らないわ。恥ずかしくて死んじゃいたい。

「美しい娘は気をつけないと…」

「え？」

美しい？

ぱちぱちと瞬きすると、笑みを湛えた男に頤を摑まれ、口づけられていた。


「いたっ！」

人差し指の先に小さな赤い珠が浮かぶ。

「んもう…」

指先を口に含んで舐め取ると、鉄くさい味がする。

奥庭で縫物をしているエルゼは、一向に針が進まないでいた。指に何度も針を刺してしまうからだ。

昨日はとんでもない一日だった。

男に口づけられて我に返った時には、男の姿はなかった。エルゼは大理石の床に座り込んだままで、裁縫箱とウサイに放り投げられたカバンは、揃えて傍らに置かれていた。掌の上には、どこかに転がっていったはずのシンブルがちょこんと乗せられていた。

エルゼは慌てて胸元の手紙を確認した。油紙に包まれた封書の感触に胸を撫で下ろす。そしてなんとか立ち上がり、荷物を摑んで姉の部屋を訪ねたのだ。

手紙を渡して喜ぶ姉の顔を見た時、使命を果たせたと安堵した。姉はいつものようにお茶に誘ってくれた。忙しい姉とおしゃべりする機会はなかなか得られない。いつもその時間を楽しみにしていたが、用事があると断った。

あんなことの後ではのんびりお茶を楽しむ余裕はなかったのだ。持っていった生地の色見本を渡すことも忘れてしまっていた。

「おしゃべりなんてできる状態じゃなかったんだもの」

エルゼは再び針を動かし始めた。

口づけしたって唇の形は変わらない。なのに、唇が気になってしょうがなく、今も血が止まった指で無意識に触れている。姉は聡い。昨日お茶をしていたら、何があったの？　と問い詰められていたはずだ。

男の唇が触れ、二、三度啄まれたような気もするが、ショックが大きすぎてあまりはっきり覚えていない。

ウサイに摑まれた腕に痣ができていたし、右手中指の爪が欠けているのは大理石の柱に摑かまった痕なのに、口づけは白昼夢だったのではないかと思えてならない。

しかし、男は確かに存在した。エルゼを救ってくれた。

『こんなことが起こるぞ』

笑いを含んだ男の声が耳に残っている。

あの場に男が現れたのは僥倖だった。ウサイに身体を汚されていたら……と想像すると、怖気が走る。

だからか、唇を奪った男への怒りは不思議となく、逆に、あの方が私を王宮から攫ってくれたら、と寝台に横になっても男のことばかり考えていた。魅力的な男にときめきを覚え、男の優しい眼差しや飾らない態度に魅かれたのだ。

「あの方が結婚を申し込んでくださったら……、はっ、なんてこと考えてるのよ」

針を止めてバカな妄想をしている自分を、エルゼは嘲った。

「どこの誰ともわからないのに」

名を聞かなかったことを悔やんでいる。だが、知ってどうなるというのだ。

「舞踏会で求婚してきた貴公子を忘れたの？　私はゴーストなのよ。それに、私のことは小間使いだと思っているわ。戯れに口づけただけよ」

摘まみ食いと称して、侍女や小間使いをその気にさせてからかう貴公子がいる。あの男もそのひとりかもしれない。見合い以外で来ている可能性もある。もっと悪いのは、妻帯者だ。

「ここから連れ出してなんかくれない。いっつ！」

指に刺した針の痛みに眉をひそめ、溜息をつく。今日はもうやめたほうがよさそうだ。

エルゼは道具を片づけて自室に戻ることにした。

北の棟のエルゼの部屋は、行き止まりのように見える廊下の奥まった己字型に入り組んだ場所にあって、セレの計らいで近くの部屋は空き部屋にしてある。エルゼに用のある者はほとんどいないので、訪れる者は滅多にいない。

寝室に、居間、クローゼット、傍づきの侍女や小間使いが待機できる小部屋もついている。王族棟の部屋の半分にも満たない広さだが、エルゼにはこれで十分だった。

水場や調理場から遠いのが不便でも、人目がないのを気に入っている。

「エルゼ様！」

部屋の前では、小間使いのミラがおろおろしていた。エルゼの姿を認めると泣きそうな顔で駆け寄ってくる。

「どうしたの？」

「リザンドラ様の侍女がこれを持ってきました。南パティオで、リザンドラ様主催のお茶会があるそうです」

滅多に来ない者が来たようだ。差し出されたカードを開くと、必ず来なさい、と茶会の案内にリザンドラの手で書き添えてある。

「今日？」

あまりに突然で、エルゼは頭を抱えた。

「エルゼ様はご不在で、どこに出かけられたのかもわからないと申し上げたのですが、リザンドラ様づきの侍女に招待状を押しつけられて…」

ミラは奥庭にいることを知っているが言わなかったのだ。

茶会に出るには準備が必要だ。来なかったらあんたの責任よと言われ、エルゼを奥庭へ呼びに行こうにも、ミラにはエルゼのいる場所へ辿(たど)り着ける自信がなく、行こうか行くまいか迷っていたのだという。

エルゼには侍女と小間使いが数人いたけれど、今はミラだけだ。

貴族の女性に仕える侍女たちは、小物やちょっとした身の回りの品、うまくいけば小さな宝飾品などの下げ渡しを期待する。だが、社交界に背を向けているエルゼにそんな旨味はなく、早々に他へ移りたがるのだ。

そんな中、ミラだけは長く勤めてくれている。気働きのできるミラならどこでも務まるだろうに、エルゼの小間使いでいてくれるのだ。

「嫌な思いをしたのね、ミラ。ごめんなさいね」

リザンドラはエルゼをお針子の娘と揶揄するから、その侍女や小間使いもエルゼを侮り、エルゼづきのミラを格下扱いして見下すのだ。

「私は平気です。それに、どうしてエルゼ様が謝るのですか。おかしいのはあちらの侍女です。エルゼ様をお針子の娘だなんて」

「本当のことだもの」

「そんなっ！　エルゼ様は四姫アンリエッタ様なのに」

勝気なミラは膨れっ面になる。

「そんな顔しないの。かわいい顔が台無しよ」

二姫ブレンダの母は学者を多く輩出している子爵一族出身で、三姫リザンドラの母は、侯爵家の令嬢だった。双方ともゴルダド国内で知らぬ者がない名家で、資産家でもある。

母親の実家の後ろ盾は、王宮内での立場を大きく左右する。

王妃の娘となったエルゼは様々な教育を受け、人一倍努力もした。それでも、お針子の娘というレッテルはついて回り、他の姫たちと比べられた。

ブレンダはエルゼを顧みないけれど、リザンドラは違った。エルゼと誕生日が一日違いの同じ齢だからか、妙にエルゼを敵視する。

自分を中心に世界が回っていると思っているリザンドラは、小さい頃からウサイや取り巻きの貴公子たちとエルゼに意地悪ばかりしていた。母のドレスを汚された時も、リザンドラはウサイと一緒になってエルゼを笑っていた。

エルゼが北の棟に移ってから、顔を合わせる機会は極端に減ったものの、嫌がらせは年々手が込むようになった。公の場に呼ばれないエルゼに同情するふりをして、年に一、二度、思い出したように茶会や夜会にエルゼを無理やり引っ張り出す。

皆の前で恥をかかせるためだ。

何か魂胆があるのね。行きたくない。だけど断ると後が面倒だし…。

自分は構わないが、ミラに被害が及ぶのが嫌なのだ。

「エルゼ様、出席なさるのですか？」

「そうね…」

人の多い場には出たくない。特に、リザンドラ主催のパーティーは豪華なので、多くの人が集まる。

あの方はいらっしゃるかしら…。

ゴルダド王宮に大勢の貴公子が滞在しているのは、もうすぐ姉マルガリテの二十一歳の誕生日が来るからだ。

その日、姉の結婚相手が発表され、盛大な祝賀の会が催される。

ここ二年ほどの間、姉は国内外の多くの貴公子と見合いをしてきた。彼らは自分が婿に選ばれるかもしれないと期待に胸膨らませ、王都に集まっている。

マルガお姉様のお見合い相手なのかしら。

婿に選ばれてもゴルダドの国王になるわけではない。国王はあくまで姉で、姉が女王になって国を治めるのだ。

とはいえ、大国の女王の夫という立場は魅力があるのだろう。そして、妻となるマルガリテの美しさにも。

見合いが始まった頃と時を同じくして、国内では祝賀の準備が着々と進められてきた。誕生日まで一月ほどに迫り、街道には花櫓が建った。王都には、地方からその土地の特産品が祝いの品として続々と運ばれ、マルガリテとその夫を一目見ようとする人々が集まり始めている。

王宮では、王族や主要貴族が茶会や夜会、サロンなど、様々な催し物を開催している。リザンドラの茶会もそのひとつだった。

行けばあの方に会えるかもしれない。

期待に胸が膨らむけれど、リザンドラ主催ならば当然ウサイもいるはずだ。

あんな顔、二度と見たくないわ。でも……。

「エルゼ様」

考え込んだエルゼをミラが心配そうに見つめている。

「お茶会に出るわ」

「よろしいのですか？」

「ええ」

だってきちんとお礼を言っていないのよ。失礼じゃない。

行かなければならない理由をこじつけてでも、エルゼはもう一度、あの濃青色の瞳の男に会いたかった。


中央宮殿に囲まれた内庭は、パーティーに使える場所が三ヶ所ある。

一番広いのはセントラルパティオだ。大理石の椅子とテーブルが整然と置かれたパティオは、上から眺めると美しいけれど、エルゼには墓標が並んでいるように感じる。

東パティオは生け垣に囲まれた狭い空間で、少人数の集まりに利用される。

色とりどりの花が咲き乱れる南パティオは、リザンドラが好んで使う場所だ。中心部にはモッコウバラの大きなアーチが取り囲んだ噴水がある。スイカズラやクレマチス、ヘデラをトレリスに這わせた植物の壁が、南パティオ全域にちりばめられ、昼は子供たちがかくれんぼしたり、夜は人目を避ける恋人たちが逢瀬に使ったり、催し物がない時も人気は絶えない。

薄桃色のレースをあしらった赤紫色のドレス姿で、エルゼは南パティオに足を踏み入れた。

紫系はゴルダド女性が好んで使う色だ。エルゼと似た色のドレスを纏った令嬢や貴婦人がこの一角だけでもちらほら見受けられる。

まぎれ込んでしまえば目立たないとエルゼは考えていたが、会場に入ってちょっぴり後悔した。広いパティオにひしめき合った誰もが、エルゼとすれ違うたびちらちら見るのだ。どこかの貴婦人とぶつかった。

「すみません」

「あら、あなたどちらのご令嬢?」

「急いでおりますので」

エルゼは貴婦人からそそくさと逃げ、上げてくれればよかったかしら…、と前髪を摘まむ。

額をお出しになってはいかがですか、とミラに勧められたが、下ろしたまま髪型を作ってもらった。

額を出しても出さなくても、どうせリザンドラはエルゼを笑い物にする。ならば、顔を出して見られるより、隠していたほうがいいと思ったのだが、失策だったかもしれない。

会場には、葡萄酒やエールが満たされたグラスを手に談笑するグループや、皿に取った料理を黙々と食べている民族衣装の貴公子集団もいた。点在するトレリスの横に置かれたテーブルには様々な料理が並び、酒樽(さかだる)も置かれている。

お茶会じゃないじゃない。

昼の時間には珍しい立食パーティーだ。人々は飲んで食べておしゃべりに興じている。お仕着せに身を包んだ給仕係は、料理を運んでくると空いた皿を下げ、入れ替わりやってくる客たちに酒樽から葡萄酒やエール、シードルを景気よく注いでいる。

リザンドラお姉様に挨拶しなければならないけど、絶対にウサイ王子が近くにいるはずなのよね。

ウサイの顔はできるだけ見たくない。挨拶は帰る間際に行って、先にあの男を探すことにする。

会場内を歩くと、給仕係からグラスの乗ったトレイを次々差し出される。飲み物を手にしていないと勧めてくるのだが、エルゼはそれに目もくれず、きょろきょろ見回しながら男を探し歩く。

あっ、あの髪の色…。

ベージュの上着を着た男性の後ろ姿に目を引かれる。

あの方じゃないかしら。

前髪をちょいと弄(いじ)り、ドキドキする胸に手を当てる。

私がおわかりになるかしら。

いきなり近づくわけにもいかないので、少し距離を取って男の正前に回り込むも、顔を見てがっかりする。

男とは似ても似つかない初老の男性だった。よく見れば髪の色も若干違うし、男ほど大柄でもない。

長身で印象的な男だが、これだけ大勢の人々の中から探すのは骨が折れそうだ。

リザンドラに会わないように気をつけつつ、エルゼは人々の間を縫ってパティオを歩き回り、それらしい人を見つけて近づいては、肩を落とした。

疲れた…。

南パティオの半分も回っていないのにくたくただった。

人を除けながら歩くのは大変だ。踵の高い靴を普段履くことはないので爪先が痛く、庇って歩いているから余計に疲れるのだ。

あの方は来ていないのかもしれない。こういう華やかな場を好まない方なんじゃないかしら。ここに来れば会えるなんて、浅はかな考えだったわ。

舞い上がっていた分、やる気が一気に失速する。

帰ろう。

痛む足を引きずって歩き出したエルゼは、大事なことを思い出して立ち止まった。

挨拶しなきゃいけないんだった。

一度は顔を見せないと嫌みな手紙が送られてくるし、次に会った時に、どうして来なかったの、と延々文句を投げつけられる。

リザンドラを探すのに、また広い会場内を歩かなければならないのかと思っていると、周りの人々がさざ波のように動き出した。左手のほうから派手な衣装を纏った集団が移動してきたのだ。中央に赤っぽい金髪と真紅のドレスが見え隠れしている。

リザンドラお姉様だわ。

取り巻きの令嬢や他国から来た貴公子たちを引き連れて練り歩いている。エルゼに気がついたようで、ドレスと同じ赤い口紅の塗られた唇の端が上がった。

「まぁ、アンリエッタ！」

声高に叫ぶと、リザンドラはエルゼに向かって大袈裟(おおげさ)に手を振る。

「アンリエッタって、四姫様の？」

どこにいるのだと探しはじめた人々は、リザンドラの視線の先にいるエルゼを見つけると、口々にしゃべりだす。

「アンリエッタ様ですって？」

「あの方がアンリエッタ様？」

「亡くなられたんじゃなかった？」

リザンドラは満面の笑みを浮かべ、自らエルゼの元へとやってきた。意地悪する気満々のようだ。

「来たのね、アンリエッタ」

「ご招待ありがとうございます」

リザンドラに膝を折ると、ざわめきがひときわ大きくなって、エルゼは四方八方から視線を浴びた。

「私の妹よ。アンリエッタというの」

リザンドラは他国の貴公子たちにエルゼを紹介する。

「リザンドラ姫に双子の妹君がおられるのは存じておりましたが、もうおひとりいらっしゃったのですね。これまでご紹介いただいた記憶がないのですが」

「私もです。どなたからもお話が出ませんでしたし、お姿を見かけたこともないような…」

「夜会でお見かけしたことがあったのか、どうにも記憶があやふやで…」

じろじろ見られるのは気持ちのいいものではない。エルゼは口元に微笑みを湛えて彼らの品定めに耐えた。ウサイがいないのが唯一の救いだ。

「私はいつも声をかけるのよ。でも、自分は庶子だからと恥ずかしがって出てこないの」

「ああ、なるほど」

彼らはさもありなんと苦笑を浮かべた。

こんなのがゴルダドの姫なのか、と思っているのが見え見えだ。

「引っ込み思案なのよ、ね」

ね、と言われてもエルゼには返す言葉がない。

「ところでアンリエッタ、その野暮ったい前髪はなぁに？　皆さんもそう思うでしょ？」

リザンドラがくすくす笑う。

「なかなか独創的と言いましょうか…」

「リザンドラ様の妹君とは思えませんね」

取り巻きや貴公子たちは失笑する。

リザンドラはエルゼにだけわかるように一瞬にやりと笑い「あらぁ、私の妹を虐めないでちょうだい」とすぐに表情を曇らせた。

「リザンドラ姫、そんな悲しげなお顔をなさらないでください」

「そうです。あなたの妹君を虐めようなどと思っておりません」

貴公子たちはリザンドラの機嫌を損ねたのではないかと言い訳する。

「かわいがっている妹なのよ」

エルゼは噴き出しそうになった。

妹だなんて思ってもいないくせに…。

空々しい会話を聞いていると、口元に微笑みを湛え続けるのが苦痛になってくる。

晒（さら）し者や嫌がらせに心を抉（えぐ）られることはなくなった。だが、傷ができないわけではないのだ。

これでお気が済みましたか、リザンドラお姉様。

あの男はいないし、挨拶も済ませたから帰ろうと思う。

「リザンドラお姉様、そろそろお暇いたします」

「もう帰るというの？　来たばかりじゃない。あなたを紹介したい人が他にもたくさんいるのよ」

見世物の間違いじゃないの。

「華やかな雰囲気を楽しませていただきました」

「ダメよ。先ほどマルガリテお姉様もいらっしゃったのよ。会いたくないの？」

「マルガリテお姉様が？」

マルガリテの名にエルゼが飛びつくとリザンドラは、してやったり、という顔になる。エルゼがマルガリテを慕っているのを知っているからだ。

思惑に乗るのは業腹だが、マルガリテが来ているのなら少しでも言葉を交わしたい。昨日渡した手紙の返事がいつ書き上がるのかも確かめたかった。

「マルガリテ様がいらしたわ」

どこかの貴婦人が叫んだ。エルゼたちを遠巻きにしていた人々が、徐々に離れて右手奥のほうへと動いていく。

「ご挨拶してきます。リザンドラお姉様、皆様、失礼いたします」

エルゼはここぞとばかりに裾をさばいて膝を折ると、待ちなさいと声を荒らげるリザンドラを無視して右手奥に動く人混みの中にまぎれる。

物心ついた頃から虐められてきたが、あの情熱を他に回せばいいのに、と思う。

貴公子方の前で叫んでいたけれど、よかったのかしら。きっと、我儘で言うことを聞かないの、なんて言っているんでしょうね。

そんなことを考えていると、数人の貴公子と談笑しながらマルガリテがやってきた。ベニバナで染めたような華やかなドレスが金髪に映えている。

「マルガリテ様よ。お美しいわ」

「本当に。貴公子方と楽し気にお話しなさって、あの中のどなたかが選ばれるのかしら」

横にいた貴婦人はそう言ったが、エルゼには姉の笑顔が曇っているように見えた。疲れているのか顔色も冴えないようだ。

連日催される茶会や夜会に休む間もなく顔を出している。社交に慣れているとはいえ、ひっきりなしにやってくる客の相手は疲れるものだ。

貴公子たちに取り囲まれていて声をかけるのを躊躇っていると、マルガリテはエルゼに気づいたのか目を見張って口元に手を当てた。

うふっ、驚いていらっしゃる。

マルガリテは貴公子たちに何か言い、輪を抜けてエルゼのところへとやってきた。

「あなたがいるなんて思わなかったわ。ステキなドレスね。もしかして、どなたかと会うお

「約束でもしたの？」

「えっ！　いいえ、そんな方なんていません。約束なんてしていません」

約束していないのだから嘘はついていない。

「そう？　なんだかあなたの様子は、その通りです、と言っているみたいだけど」

違います、とエルゼが頬を膨らませるとマルガリテは笑った。しかし、笑顔にはどこか屈託があるようだ。

「あちらで少しおしゃべりしない？　昨日できなかったし」

姉のほうから誘ってきた。

「はい。でも、よろしいのですか？」

貴公子たちはマルガリテが戻ってくるのを待っている。顔を寄せ合っているのは、あれは誰だと話しているのだ。

マルガリテは後ろをちらりと振り返り、いいのよ、と言った。

「妹のほうが大事だもの」

マルガリテの言葉に、エルゼは来てよかったと思った。

「どなたに会いに来たの？」

ヘデラの陰のベンチに座り、マルガリテが興味津々で聞いてくる。

「そのことはもういいです」

「教えてくれないの？」

マルガリテは会話が巧みだ。おしゃべりしていると、エルゼは自分からぽろぽろしゃべってしまうのだ。

エルゼが困った顔をすると、次に会った時に聞くわ、と姉はすんなり追及をやめてくれた。

「マルガお姉様、お疲れみたい。お顔が曇っています」

「疲れてはいないのよ」

マルガリテは微笑んだが、鬱屈を隠しているようだ。

美しくて知的で気品のある姉は凛（りん）としている。人前で微笑みを絶やすことはなく、心の内を表に出すことはないのに、エルゼには憂いの影が見えるのだ。

心に影を落とす原因は何か。

考えられるのは、エルゼが渡したジョルダン・ネルソンからの手紙だ。

昨日の朝、手紙をお渡しした時は踊り出しそうなほどうきうきなさって、お顔が輝いていたのに。

もしやお手紙に、と言ったところで、マルガリテが微（かす）かな動揺を見せる。

「話してください。私ではお力になれないけど…」

エルゼが姉の手を取って力づけるように強く握ると、姉は睫毛を伏せて溜息をつくように言った。

「誰も気づかなかったのに、あなたには隠せないのね」

「何があったのですか？」

「手紙はもう書かないわ」

マルガリテの声が震えていた。

これほど動揺した姉を見るのは、手紙のやり取りをしたいと打ち明けてくれた時以来だ。君の結婚相手が決まるから、こういうやり取りはこれで最後にしよう、と昨日届けた手紙に書かれていたのだという。

「そんな…」

国王夫妻はマルガリテの結婚に柔軟な考えを持っている。非常に珍しいことだが、女王となる娘の伴侶は娘自身が選ぶべきだと思っているのだ。

安定しているとはいえ、大国ゆえにゴルダド国王には重責がある。多くの民の暮らしは王の采配で決まるし、周辺国への影響も絶大だ。国政などまったくわからないエルゼにも、ゴルダドを背負うことがどれだけ大変かは理解できる。政の重圧の中、跡継ぎも儲けなければならない。伴侶には、女王を陰ながら支え、癒しを与えられる者が必要だと国王夫妻は理解しているのだ。

この二年で姉が数多くの見合いをしてきたのは、国王夫妻の意向ではなく、姉自身が決めたことだ。

それは、ジョルダン様とは結婚できないということよね。できるのなら見合いなどせずに決めていたはずだもの。

ジョルダンについて、姉は詳しく話してくれたことはない。

妻がいる人なのか。貴族ではないのか。

「ジョルダン様と――」

マルガリテは頭を振ってエルゼの言葉を遮った。

「いいの。あの方のおっしゃる通りなの」

マルガリテは自分自身に言い聞かせているようだ。

好いている方がいても、他の人を選ばなければならないなんて…。

力になれない自分が歯痒い。

しかし姉が決めたことだ。口を挟めることではないのだ。

「これまでありがとう、アンリエッタ」

笑顔を見せる姉が痛々しい。

恋ってこんなに辛いものなの？　だったら恋なんてしないほうがいいわ。

ちょっぴり粗野な男を思い出すと、胸がぎゅっと締めつけられる。出会った時も、エルゼはときめきを覚えた。リザンドラの茶会に出てまで会いたかったのは、あの男に恋しているからなのだろうか。

「あなたのおかげで、私は幸せな時を過ごせたわ。なのに…ごめんなさいね」

「私はお手紙を届けていただけです。謝られることなんて」

「あなたが男性と文通しているという噂が出ているると、リザンドラが話しに来たのよ」

ウサイ王子が知っていたのは、リザンドラお姉様から聞いたのね。リザンドラお姉様って暇なのかしら。侍女たちよりも噂話が好きみたい。

「聞いていて腹立たしかったけれど、自分の保身を考えてしまって、あなたを庇いもしなかった」

「そんなこと気になさらないで。マルガお姉様のお立場はよくわかっていますから」

絶対に言ってはいけませんよ、と口を閉じる仕草をして念を押す。

「あなたに大切な人ができて、過去にそんな噂があったと知ったら、破談になってしまうかもしれないわ。好きな人ができたのでしょう？」

「いないって言っているのに…」

「ねえ、アンリエッタは今、幸せ？」

エルゼは答えられなかった。不幸ではないけれど、幸せだとも思えない。

「お母様はあなたを自分の娘にして庶子の枷を外したつもりでいらっしゃるけれど、あなたの幸せには繋がらなかった」

「王妃様には感謝しています。本当ですよ」

「辛いことがあっても、あなたは我慢してしまうじゃない。自分のことより、今だって私の心配ばかり。リザンドラのことだって、嫌な思いばかりしているでしょ？」

「平気です」

「私は自分がもどかしいの」

王族は一枚岩ではない。王妃と有力貴族出身の正妻たちの力関係は微妙だ。王妃の娘マルガリテが正妻の娘リザンドラを叱責すれば、リザンドラは素直に承服せず、母親に不満をぶちまける可能性は大だ。リザンドラの母も大貴族出身のプライドを持っているので、娘が蔑ろにされたと感じれば、実家の侯爵家を盾に、王妃に意見するかもしれない。

王妃と正妻の間に軋轢が生まれると、王宮内の貴族がそれぞれについて、表立った派閥争いが始まってしまう。

マルガリテはそれを憂いて、リザンドラに苦言を呈することができないのだ。

「アンリエッタ。いいえ、エルゼ。好きな人ができたのなら思いを伝えて。愛する人と幸せになって欲しい」

繋いだ手を、マルガリテが包み込む。

「あなたはもっと幸せになっていいのよ」

「マルガお姉様」

日差しに輝くヘデラの葉が風に吹かれ、姉の言葉を肯定するように揺れる。

「そろそろ戻るわ」

視線をやると、離れた場所から人々が興味津々でこちらを窺っていた。

姉は目を閉じて頷（うなず）くと大きく息を吐き、ついっと顔を上げる。凛とした美しい横顔だ。

エルゼの姉から、ゴルダドの王女マルガリテに変わった瞬間だった。

マルガお姉様は恋心を封印したのね。

エルゼは切なくなる。

「ねぇアンリエッタ。手紙がなくてもたまには私を訪ねてきてちょうだい。約束よ」

「はい」

「それからお願いがあるの」

「なんでしょう」

「以前、誕生日プレゼントに作ってくれたクッション。あれと同じ形のものを、色はそう、黒で作って欲しいの」

プレゼントには別なものを考えていたが、姉が望むものを作ろう。

「お任せください」

マルガリテが戻っていく。

マルガお姉様を心から愛してくださる方が婿に決まりますように。

エルゼは祈らずにはいられなかった。


姉の背中を見送ると、エルゼは人目を避けて南パティオを後にした。のんびり座ってもいられない。リザンドラに捕まると、また好奇の視線に晒されてしまう。

あなたは幸せになっていいのよ。

姉はそう言ってくれたが、自分に求婚する人はいないだろう。

ゴルダド周辺国の王子たちは、ゴルダドの姫を妻に望んでいる。しかし、エルゼを妻にしても、ゴルダドとの繋がりは強固にならない。かえって面倒なだけで利益がないのだ。

「マルガお姉様とおしゃべりできたけど、あの方には会えなかったし、お腹がすいたわ。お料理食べてくればよかった。足も痛いし」

踵の高い靴は苦手だ。一刻も早く裸足（はだし）になりたい。

「脱ごうかな」

貴族たちの多くはリザンドラのパーティーに出席している。招待状を貰（もら）えなかった者たちは、夜の舞踏会に出席する準備に勤(いそ)しんでいる頃で、表廊下に人影はない。

「侍女や小間使いもいないし…」

柱に縋って靴を脱ぐと、窮屈な靴に押し込まれていた足の指が広がる。

「はぁ～」

解放感に浸る。はしたないことをしているのはわかっているけれど、大理石の床はひんやりして気持ちいい。

エルゼは右手で靴を持つと、左手でドレスの裾を摘まんで弾むように歩いた。

靴を脱いだだけなのに、抑圧から解き放たれて自由を得たようで、このまま王宮の外に出て、ずっと遠くまで走っていけそうな気がする。

ドレスの裾をたなびかせ、風を切って走る自分の姿を想像すると、なんだか楽しくなってくる。

「うふふふ」

ダンスを踊るようにステップを踏んで飛び跳ねる。裸足だと軽やかに動けるのがいい。つま先立ちでくるりとターンすると…。

口をあんぐりと大きく開けた侍従長がいた。侍女頭のセレより、何倍もまずい相手だ。

「なんというお姿をなさって…」

「じっ、侍従長！　いつの間に、いえ、あの、これは…」

摘まんでいたドレスを離して素足を隠し、慌てて靴を後ろに隠したが、時すでに遅し。

「嘆かわしい」

いつもは尻上がりの眉を、八の字に下げて目頭を押さえる。

目頭を押さえたいのは私です、侍従長。

昨日から悪いことばかりだからだ。運気が傾くと、一気に悪いことが押し寄せてくると息を吐いた。

今がそうなのかしら…。

「常々申し上げておりますが——」

侍従長の小言が始まった。

この、常々申し上げておりますがは、侍従長とセレの決まり文句だ。他にも、くどいようですが、とか、おわかりになっていらっしゃると思いますが、というのもある。

今日も長いのかしら。

決まり文句を駆使した侍従長の小言は続く。

「庭師の弁当を摘まみ食いなさったとか——」

庭師のエバンは口が堅い。誰かに見られていたのだろう。

告げ口しなくてもいいのに。

「仕立て部屋に入り浸っていらっしゃるのも——」

靴を脱いだことと関係ないじゃない。

エルゼは神妙な面持ちを崩さないよう神経を集中する。ちょっとでも気持ちが横に逸れると、今度はその小言が続くからだ。

「リザンドラ様の茶会に出席なさったのは喜ばしいことでございます」

「ありがとう侍従長」

「褒めているのではございません」

八の字眉がきゅっと尻上がりになる。

「本来であれば、アンリエッタ様も何か主催なさらなければならないのです」

「は…い」

私が開いたって、誰も来ないと思うのだけど。

「常に、レディとしてのお振る舞いを心掛けていただき、今後もそのようになさるべきと存じます」

エルゼの返事を期待していないのか、言いたいことを言って満足した侍従長は、足早に去っていった。

侍従長の姿が消え、足音が聞こえなくなるまでエルゼは動かずにいた。耳を澄ませて気配を探り、柱に寄りかかって息をつく。

「靴を履きなさいって言わなかったのは、このままでいい…なんてことはないわね」

侍従長が聞いたら、そんな当たり前のことをいちいち言わなければおわかりにならないのですか、と烈火のごとく怒るだろう。

しゃがみ込んで床に靴を置き、高い踵を眺めて履くか履くまいか悩む。

「でもよかった。今日のお小言は短くて」

「あれで短いのか」

頭上から声が降ってくる。

「……っ！」

エルゼは驚いて床にへたり込んだ。見上げると、あんなに探し回った男が、柱の横に立って濃青色の瞳で見下ろしている。

「えっ、なっ！」

「また会ったな」

男は笑いを含んだ顔で、座り込んだエルゼの前にしゃがんだ。薄茶色のシャツに柿渋色のズボン姿だ。

悪いことの後にはいいことがやってくるのかしら。

「驚かせてしまったか」

「いつから…」

「見ていたのかって？　そなたが楽しそうに踊り出したところ辺りか」

「う…っ」

エルゼは頬を染めて顔を覆った。

見られた。

踊っている場面ではない。

侍従長に叱られているの、見られちゃった！　あんなところを見られるなんて、もうおしまいだわ。やっぱり悪いことばかりだわ。

「なぜ顔を隠す」

恥ずかしいからに決まっています！

「踊っているのを俺が見たからか？　声をかけようと思ったのだぞ」

「そうではなくて…」

「ああ、なるほど。昨日口づけたのを怒っているのか」

そうだ、私はこの方と…。

顔が燃えるように熱くなって、わなわなと身体が震えてしまう。

「恥ずかしがっているのか。耳まで赤いぞ」

エルゼは顔を隠したまま頷いた。

「だが、ずっとこうしているつもりか？」

男がどこかへ行ってくれればいいのだ。

せっかくお会いできたのに、侍従長のせいで。

手を離して髪の隙間から見ると、男はにやりと笑う。エルゼは顔を伏せた。

近くで顔を見るのは心臓に悪い。前髪があるから耐えていられる。上げていたらどうなっていたことだろう。

「見ていたのでしょう？」

「何をだ」

「…叱られているところ」

「助けようと思ったのだが、俺が出ていけば別な小言が増えるだけのような気がしてな。あれは侍従長だろう。侍従長というのは口うるさいと決まっている」

「そうなのですか？」

「ああ。机の引き出しの隅に溜まった埃をかき出すように、どうでもいいだろうというところまでチクチクとうるさい。あれは病だ」

顔をしかめる男は、心底煩わしいと思っているようだ。

この方も叱られたのかしら。

おかしくて口元が緩みそうになり、エルゼは俯いた。

「その姿は小間使いではなかったのだな」

顔を上げると男がまじまじと見ている。

名乗らなければ。しかし、エルゼかアンリエッタかどちらを名乗ればいいのか。

戸惑っていると男は立ち上がり、手を引っ張ってエルゼを立たせた。

「名乗りもしていなかったな。俺はスペラニアのジョー・ネルソンだ」

「スペラニア国のジョー・ネルソン様」

マルガお姉様の文通相手ジョルダン様とよく似たお名前だわ。ネルソンというのはスペラニアでよくあるお名前なのかしら。

スペラニアはひとつ国を隔てた海に面した国で、海運大国として有名だ。国土はゴルダドの三割程度だが、国を挙げての海運業で、周辺国の中ではゴルダドに次ぐ豊かさだ。

「私は…、ゴルダドの四姫アンリエッタと申します」

「そなたはゴルダドの姫か」

ジョーは顔いっぱいに驚きを表す。

「四姫です」

エルゼが念を押すと、ジョーは怪訝な顔をする。他国の人間は知らないようだ。

エルゼは自分の出自を正直に語った。親しくなり、後々事実を知って急に避けられるよりマシだ。

「なるほど。前例のない庶子か。だが、庶子はどこの国にでもいるものだぞ」

ジョーは気にも留めないようだ。

「ま、ゴルダドでは違うのだろうが…」

俺には重畳、とジョーが呟く。

「重畳？」

「卑屈になることはないと言ったのだ」

そんなふうには聞こえなかったけど…。

「アンリエッタか、よい名だ」

「……ありがとうございます」

アンリエッタと呼ばれるのはやるせない。

「姫が裁縫箱を持ち歩くとは面白い。上に立つ者は下の者に仕事を与えるべきではあるが、自分のことぐらい自分でできたほうがいい。有事の際になんの役にも立たんお荷物は、民に見捨てられてしまうからな」

自分の存在も、暮らしぶりも、悪いことではないと言われたようで、出自など瑣末なことだと思えてくる。

「今日は一段と美しくて艶やかだ」

いつもなら卑屈になるお世辞も、ジョーが言うと褒め言葉だと素直に受け止められるから不思議だ。

はにかんだ笑みを浮かべれば、ジョーはにんまりと笑った。

「笑うのはいいことだぞ。おっと、忘れていた」

ジョーはズボンのポケットに手を突っ込んで何か取り出し、エルゼの前髪をいきなりかき上げると横に流してそれを差し込んだ。

「な…っ！」

顔が露わになり、エルゼは慌てて頭に手をやった。大きな飾り石のついたピンで前髪が留められている。外そうとするとジョーが止め、目を細めて独り言を言い始める。

「これは…、想像していた以上に…マズイな」

険しいお顔になった。マズイって、よくないとおっしゃっているのよね。

エルゼはしょんぼりと肩を落とした。

リザンドラにはよくみっともないと言われるし、姉や妹たちと比べると特に秀でたところもない、凡庸中の凡庸さだと自分でもわかっている。

マルガリテやミラやセレが美しいとかきれいだとか言ってくれるのはお世辞で、半分慰めの気持ちが入っているのだ。

「ピンを取ってください」

エルゼは頼んだ。しかし、ジョーは聞こえていないようで、腕組みして考え込んでいる。

「見せびらかしたい。だが見せるのはもったいない。しかし見せびらかしたい。うむ…悩むな。どちらを選ぶべきか…」

ジョーはぶつぶつ呟いている。

「外します」

「いかん」

頭に手をやるとジョーはその手を掴み、いきなり床に膝をついて、戸惑うエルゼを濃青色の瞳で下から見上げた。

まるで求婚でもするかのように。

「あの…」

鼓動が高まり、まさか、と期待する。

もしや私に求婚なさるの？

いいえ、と心の中で頭を振る。

それはあり得ないわ。だって、昨日会ったばかりの方なのよ。でも…、そうだったらどうしよう。

動揺を押し隠してジョーを見つめ返すと、ジョーはエルゼの靴を手にした。

「俺の肩に摑まれ」

エルゼは間抜けな自分の頭を叩きたくなった。

いやだわ、ただ靴を履かせようとしただけじゃない。私ったら…。

「そんなことなさらないで。自分で履けますから。もし誰かに見られでもしたら、お名に傷

がつきます」

「ああ、そなたは人目を気にするのだったな」

「いいえ、私ではなく」

「俺を心配しているのか？　ならば気にするな。言いたいヤツには言わせておけばいい。ほら、肩に手を置け」

ポンポンと自分の左肩を叩く。どうしても自分の手で履かせたいようだ。

エルゼはジョーの肩に手を置いた。

硬くてがっしりしている。エルゼが全体重をかけても、ジョーの身体は揺らがないだろう。

王宮に集まっている貴公子の中に、ジョーのような男性はいないのではないか。

エルゼの足を持ち上げ、ジョーは足の裏の汚れを払って靴を履かせてくれる。

こんなことを平気でなさるなんて。

大理石で冷えた足の裏に触れたジョーの手は温かかった。

「ありがとうございます」

「さあ行こうか、アンリエッタ」

ジョーはエルゼの手を引いて歩き出す。

魅力的なジョーにエスコートされるのは誇らしく、高揚して顔が赤くなる。

だが、エルゼは進んでいる方向に戸惑った。

「どこへ？　あっ、そちらはダメです！」

夜の舞踏会に出席する準備を始めるため、茶会から女性たちが部屋に戻る頃だ。この廊下は上級貴族棟への最短距離になっているから、そろそろ貴婦人たちが通るはずなのだ。

「そう言われるとますます行きたくなる」

足を止めたエルゼをジョーは引っ張るように進んでいく。

案の定、どこかの令嬢が二人やってきた。

令嬢たちは驚いたように足を止めてエルゼたちを窺い、顔を寄せて囁き合う。どうもジョーを見ているようだ。好奇心溢れる視線はエルゼのほうにも流れてくる。

その後方からは、おしゃべりに興じながら貴婦人の集団が来る。エルゼたちに気づき、一瞬会話が止まった。

「ねえねえ、あの方どちらの貴公子かしら。一度もお見かけしたことがないわ」

「他国の方みたい。すごくセクシーね」

火遊びのきっかけを探しているのだろう。扇で顔を隠しながら流し目を送ってくる。

「一緒にいらっしゃるご令嬢はどなたかしら。あなたご存じ？」

「いいえ」

貴婦人たちはジョーに秋波を送りながら、エルゼを値踏みする。四姫だと気づかれたらと思うと気が気じゃない。女性というものは、顔は忘れてもドレスの色やデザインは覚えているのだ。

ジョーと釣り合わないと言われるのではないかと思うと、エルゼは萎縮してしまい俯き加減になる。

「どうして顔を下に向けるのだ。俺と歩くのは恥ずかしいか？」

「違います」

盾がないからだ。前髪さえあれば、やり過ごせるのだ。

「どんな姿でいたとしても、堂々としていればいい。顔を上げろ。大丈夫だ」

エルゼはジョーの言葉に後押しされて背筋を伸ばす。ジョーはそれでいいというように、エルゼの手を強く握った。

「ねぇ、ご覧になって、あの前髪の…ヘアピンかしら、ゴルダドでは見ない髪飾りね」

「大きな石。黒髪に負けない濃いお色って、お高いでしょう。あんなふうに前髪を留めるだけの飾りに使うなんてびっくり」

「ええ。あれだけのルビーなら首飾りの中心に据えたいわ」

ルビーですってぇ？

エルゼは青くなった。触った感触ではかなり大きな石だったのだ。

「ヘアピンは高価なものなんですか？　そんなお品を私の頭につけないでください」

ジョーは笑って、見せびらかしたかったのだ、と言った。

エルゼは落胆した。

私と歩きたかったんじゃないのね。そうよね。いくら高価なお品でも、男性がルビーの髪飾りをつけるわけにはいかないもの。だけど、ルビーを見せびらかしたいだなんて。ウサイのように、自己顕示欲の強い人には思えないけれど、会えないまま夢見ていたほうがよかったかもしれない。楽しい夢を紡いでいるだけなら、落胆することもなかったのだ。なんだか昨日から悪いことばかり。

ジョーのエスコートに心躍らせていた自分が愚かに思え、上げていた顔は次第に下を向いて、エルゼの足取りは重くなる。

続々とやってくる女性の波に逆らって歩くのが嫌になったのか、すれ違う貴婦人たちのルビーへの反応に満足したのか、ジョーはエルゼの手を引いて外苑に誘った。

太陽はだいぶ傾いて、樹木の影は長く尾を引き始めていたが、日暮れはまだ先で、外苑に点在する小宮殿の半円や三角形の屋根が、木立の向こうにはっきり浮かんで見える。

小宮殿へと向かう、銅葉ブナが彩りを添える石畳の道を、エルゼとジョーは会話のないままそぞろ歩き、ボックスウッドの生け垣が続く散策用の小道に入った。

大木の幹に生えた枝のように、石畳の道にはこうした小道が何本も延びている。それらはまた別の小宮殿に行く石畳の道に繋がっていて、小道は外苑を縦横無尽に走っている。

所々に置かれた石のベンチには、いつもなら貴婦人がかしましくおしゃべりに興じていたり、人目につきにくい場所では男女が忍んでいたりするものだが、祝賀までの間は催し物が目白押しで、外苑に時間を潰しに来る者はいない。

特に今は夜会の身支度に追われる時間で、外苑は風にそよぐ梢が石畳で影遊びし、茂った葉が耳に心地よい音を奏でているだけだった。

「女性というのは宝飾品に目がないのだな。そなたの髪飾りに目ざとく気づいていたぞ」

そんな話は聞きたくないわ。

楽しげに語るジョーの手を振りほどき、エルゼは足早に歩いて距離を取った。

数歩で追いついたジョーが背後から顔を覗き込んでくる。

「連れ回したのを怒っているのか？」

連れ回されたことよりも、連れ回した理由に腹が立つのだ。

「ルビーを見せびらかして、お気が済みましたか？　でも、次からは私ではなく他の方にお願いしてください」

つんけんした物言いになってしまう。感情の赴くまま口にしてエルゼはすぐに後悔した。

お怒りになるかしら。

ジョーは意味がわからないといったふうに右斜め上を見上げ、ルビーを見せびらかして何が楽しいのだ、と不思議そうに問うてきた。

たのだ」

「女性は宝石を好むのだろうが、俺にはただの石だ」

「でも、見せびらかしたかったっておっしゃいました」

忘れたとは言わせない、とエルゼは睨むように見上げると、ジョーはきょとんとした。

「確かに言ったが、石ではないぞ。そなただ、アンリエッタ。そなたを見せびらかしたかったのだ」

私を？　とエルゼは足を止めた。

「美しい装いでいるそなたを連れて歩いて見せびらかしたいではないか。しかし、もったいない気もして悩んだのだ。誰かが美しいそなたに興味を持つかもしれん」

私に興味を持つ方なんて…。

心の中で否定しつつ、胸の奥がほこほこと温かくなる。

「髪飾りはそなたに贈るつもりで持っていたのだぞ。顔を見るのに前髪を手で押さえていなければならんのは面倒だろう」

本当かしら。なんだが取ってつけたような…。

答えに納得できないエルゼは、ジョーに背を向けて小道を進む。

だって、都合よく男性がヘアピンを持ち歩いているなんて、おかしいじゃない。

宝飾品は職人に作らせるものだ。王都には王室や有力貴族御用達の工房や宝飾専門店があり、腕のよい職人の作品は、それは見事なものだ。

店には既製品も並べられているが、どこかの貴婦人も話していたように、宝石のついたヘアピンはゴルダドでは見ないデザインだから、既製品ではない。貴婦人たちはいずれ、似たようなヘアピンを注文するだろうが、社交会で流行するとしてもまだ先のことだろう。

となると、誰かに贈るため、ジョーは事前に用意していたということになる。

「また誤解すると敵わぬから言っておくが、他の女性に贈るつもりで用意していたのではないぞ」

「え……」

心の内を読まれたエルゼが視線を彷徨(さまよ)わせると、ジョーはにやりと笑った。

「たまたま手元にあったのだ。本当だぞ。そなたとはまた会う機会があるだろうと持ち歩いていただけのこと。昨日の今日で会えるとは思わなかったが、こうも早く再会できるとは俺は運がいい」

こんもりと葉を茂らせる銅葉ブナの巨木の下で、エルゼはぺこりと頭を下げた。

「そんなお心とは知らず、失礼なことを申しました。ですが、高価なものをいただくわけにはまいりません」

「どうしてだ。いずれ妻になる女性に贈り物ぐらいするだろう」

ジョー様は今、なんて言ったの？

「つま？」

「そなたを妻にする」

つまって、妻よね、奥さんのことよね。

冗談にしか聞こえず、エルゼはかえって冷静になれた。

「決めたのだ」

「決めたって、いつですか？」

「昨日」

「一度お会いしただけです。それも…」

「カバンを振り回していたそなたの姿が忘れられなくてな」

変なところを見ただけじゃない。

うっとりと目を閉じるジョーは、エルゼの雄姿を思い出しているようだ。

「あれはお忘れください」

「忘れるものか。裸足で踊っておったのも愛らしかったぞ」

「どこがですか！」

悲鳴のようなエルゼの問いにジョーは首を傾げる。

「どこと言われても、気に入ったのだ」

求婚された、のよね？

あまりに変な理由で、あまりに唐突で、想像していた求婚とはかけ離れすぎていて…。

「さっそくそなたをくれと国王に頼み――」

「ダメです！」

とっさに口を突いて出た。

「どうしてだ。まさか、婚約者がいるのか？」

「それこそ、まさか、です。私は四姫ですよ」

「知っている。そなたが庶子だと話してくれたではないか」

「だからです。陛下に頼んでも…」

頼んだら、どうなるの？

求婚も、結婚もないと諦めていた。夢見ていても、あくまで夢であって、父の国王に報告することなど考えたこともなかった。

国王は喜んでくれるのだろうか。それとも、厄介払いができる、これ幸い、と話も聞かず承諾するのだろうか。

押し黙ったエルゼの頬にジョーの手が触れた。眉間に皺（しわ）を寄せたジョーは怒っているように見える。

「すでに人妻だと言うのではないだろうな」

甚だしい勘違いだ。

「違います！」

握った両の拳を勢いよく振り下ろす。

「ならば問題ないではないか」

ジョーは肩を竦める。

「本気なのですか？」

「意外と疑り深いな。それも悪くないが……」

ジョーの両手に顔を包み込まれた。真っ直ぐに見つめてくる濃青色の瞳にエルゼは囚われて、優しく微笑むジョーの男らしい顔に見とれる。

ジョーが親指で唇をなぞる。

口づけの合図？

昨日は突然でわけがわからないまま終わっていた。

今日が正式な口づけなのだと期待に胸が膨らみ、顔が火照ってくる。胸の奥がきゅんとなって、鼓動だけが忙しない。

口角の上がったジョーの顔が近づいてくる。エルゼが睫毛を下ろすと、唇をぬめっとしたものが這った。

え？

エルゼは驚いてジョーを突き飛ばし、手で口を覆った。

今の、なに？

あまり経験がないのだな、と笑っていたジョーは、動揺するエルゼに笑いを収めて真顔になる。

「まさか、昨日が初めてだったのか？」

顔を赤らめて頷くと、ジョーはエルゼが身をかわす間を与えず抱き寄せる。

「そなたは何から何まで俺だけのものになるのだな。それは重畳」

眩(まぶ)しいほどの笑顔に、エルゼの目が眩(くら)む。

頰にジョーの手が触れ、濃青色の瞳が近づいてくる。エルゼは突き飛ばすことも顔を背けることもできなかった。

唇が重なる。悪戯するように啄み、強く弱く、緩急をつけてジョーが唇を吸い始める。酷く生々しく、初めての経験に背筋がぞくりとする。

歯列を割って舌が入り込んでくる。拒む間もなかった。

なっ、なに？

ジョーの舌先が口腔内を擽(くすぐ)るようになぞり、縮こまったエルゼの舌に悪戯するように絡んでくる。

「ん、…っ、ふぅ…」

息ができない。

むず痒くて、息苦しくて気が遠くなる。それなのに、互いの舌が絡み合う音ははっきり聞こえるのだ。

散々貪られたエルゼは膝から崩れ落ちそうになると、やっとジョーの唇が離れていった。

「はぁ……」

「瞳が潤んでいる。俺を誘っているのか？」

「ち、違い……ます」

エルゼは握っていた拳をジョーの胸にぶつけて抗議するも、息も絶え絶えで言葉にならない。密着していると身体が熱くなってしゃがみ込みたくなる。自分の身体をきつく抱いていなければ、おかしくなってしまいそうだ。

「放して」

「嫌だと言ったら？」

ジョーはさらに抱きしめ、濡れそぼったエルゼの唇を指で拭う。

「意地悪しないで」

自分の身体がままならなくて泣きたくなってしまう。

「ああ、くそっ」

ジョーは吐き捨てると、エルゼの身体を銅葉ブナの幹の根本に押しつけ、首筋に唇を這わせてきた。熱い吐息が首筋を撫で、エルゼの身体はさらに熱くなる。

「ジョー様！」

「魅力的なそなたが悪いのだぞ」

魅力的？　私が？　リザンドラお姉様にみっともないって言われているのに？

胸の膨らみにジョーの手が触れる。

「あっ！」

抗（あらが）っても、ジョーの手は胸の形を確かめるように撫でさする。

「あぁ…」

疼（うず）きが身体の深部で起こった。執拗（しつよう）に乳房を嬲（なぶ）られると、じくじくとした疼きが秘めたる場所を苛（さいな）み始める。ジョーの愛撫（あいぶ）にエルゼの身体が呼応しているのだ。

「感じたのか」

エルゼは違うと頭を振ったが、愛撫されると熱くとろりとしたものが溢れ出すのだ。自分でもどうしていいのかわからない。ジョーの身体を押しやろうにも、その力は身体を撫で回すジョーの掌に吸い取られていくようだ。

「いけません、こんなこと。私はまだ……お受けして…んっ」

「そなたが求婚を受ける受けないは関係ない。俺が決めたのだ」

「ふっ…んぁ…」

有無を言わさぬ強引さに流されてしまう。

「人が…、誰かに見られたら」

「恋人たちの逢瀬だと思うさ」

「結婚前にこんなことっ…、ふぅ…んん」

いけないことだと言いたいのに、ジョーの愛撫に翻弄される。

「結婚前だからだ」

濃青色の瞳に赤い炎が見えるのは、夕日が二人を照らしているからだろうか。

「俺のものだと印をつける」

ジョーは乳房を鷲掴(わしづか)みにして押し上げると、ドレスから溢れ出た柔らかな肌に歯を立てた。

「ひっ！」

痛みに顔を歪めるも、身をゆだねてしまえばいいじゃないと囁く声が頭の中に響く。それが自分の声だと気づき、エルゼは自分の情欲を知って目を見開いた。

胸元を貪るジョーの頭がある。白っぽい金髪がエルゼの顎を擽る。

「俺はやらねばならぬことがある。国王に会うのはその片がついてからだ。だが、前髪ぱっつんのような輩(やから)がいるからな」

前髪ぱっつん？　ウサイ王子？

「印はひとつでは足りぬ」

ジョーがエルゼのドレスを捲(めく)り上げる。

「きゃっ！」

慌てて膝を閉じようとすると、ジョーは自分の両膝をエルゼの足の間に押し込む。何をされるのか。

「いや…、やめて…」

慄(おのの)いたエルゼは固く目を閉じ、頭を振って懇願したが、ジョーの掌はドレスをたくし上げながら膝頭から太腿(ふともも)へと上っていく。

産毛が総毛立ち、ぞくぞくとしたものが全身に広がった。白い足が付け根まで露わになり、下着が見えてしまいそうだ。

「…っ…！」

「ここで奪うようなことはせぬ。だが…」

ジョーの手が下着越しに秘めたる場所に触れる。

エルゼは身体を硬くした。

「こんなに潤ませて」

「見ないでっ！」

羞恥に身体を震わせて顔を背けても、指は下着をかいくぐってくる。

「い…やぁ…」

叢(くさむら)を探り、花弁を弄(もてあそ)ばれる。

「ひっ…ぅ…」

下腹の奥が引き絞られて蜜がとろりと流れ出る。

「かわいい花園だ」

くちゅくちゅと卑猥な音を響かせてひとしきり花弁を弄ぶと、ジョーは密壺の中へと指を差し込んだ。

「く…ぅ…」

身体の中の柔らかい部分を抉じ開けられ、痛みにエルゼは眉を寄せた。

けれど、ゆるゆると指が動き執拗に出し入れされると、痛みが薄れていく。代わりに淫靡な疼きが襲ってくる。

このまま身体を嬲られていると自分がどうなってしまうのか、それが怖くてたまらない。

「あぁ…」

甘い吐息が零れた。

「そうだ。もっと感じろ」

「や、…ん、んん」

あられもない姿でいることも、声を上げていることも忘れ、エルゼはジョーの手淫に喘ぐ。

秘部が痙攣するようにぴくぴくぴくと蠢き、ジョーの指を締めつける。それを楽しむように、ジョーは激しく蜜壺をかき乱す。

「やめっ！　ぅ…、もう…ぁあっ…」

ぽろぽろと涙が零れる。けれどジョーの指の動きはさらに激しさを増す。耐え難い疼きに陶然となった時…。

太腿の内側に鈍い痛みが走った。

仰け反るエルゼの瞳に映ったのは、夕日に赤く染まったジョーの金髪と風で揺れるブナの銅葉だった。


羞恥と恐怖の体験をしてから、六日が過ぎた。

ジョーにつけられた内太腿の噛み痕はまだ残っている。歯形の刻印は、ジョーのものだという証しなのだ。

快楽の最中に噛みつかれた時はさほど痛みを感じなかったが、快感が通り過ぎた後は、それはもうずきずきと痛み出して閉口した。

歯形を見るたびに、自分勝手で強引で、なんて破廉恥な人だと怒りが湧く。

顔を見たら文句のひとつも言いたい。ああ言おう、こう言おうとたくさん考えたけれど、不思議とウサイに対するような嫌悪感は湧いてこない。

ジョーの突き刺さるような濃青色の瞳、匂い、身体の重さ、激しい指の動き、それらを思い出すと胸が苦しくなって乳房が張り詰め、弄られたあの場所がきゅんとなって、潤んできてしまうのだ。

あれから一度、ジョーは何事もなかったかのようにエルゼの前にふらりと現れた。戸惑いと胸の高まりで、たくさん考えた文句も泣き言も、何ひとつ言えなかった。

贈ったヘアピンを使わず、前髪を下ろしたままのエルゼが不満だったようで、お仕置きだと激しい口づけだけして、またどこかに消えた。

身体を嬲られるのではないかと身構えていたエルゼは肩透かしを食らい、何もなかった安堵と、何もなかった苛立ちという、相反する感情を持て余した。

心と身体の折り合いがつかず、暇ができると悶々としてしまう。

ジョーはゴルダドの王宮内をふらついて何をしているのか。

スペラニア国の人間だと聞いただけだ。姉の見合いに来た貴公子のひとりで、ヘアピンのルビーは簡単には手に入らない高価な品なので、それなりの家柄ではないかと推察するも、定かではないのだ。

「ルビーは盗品じゃないわよね」

ちょっぴり粗野な雰囲気を持つジョーが、実は、盗賊だということもあり得るのではないか、とルビーを眺めて考えてしまう。

「まさか……」

求婚されたような、されていないような中途半端な状況で身体を嬲られてしまい、いつかぱったりと姿を現さなくなったら、と思うと怖くなる。

振り回されてもジョーが好きなのだ。

「こんなことばかり考えていてはいけないわ。マルガお姉様のお誕生日はもうすぐなのよ」

エルゼは昨日からマルガリテへのプレゼント作りを再開した。

持ち手部分が壊れたままの裁縫箱と、ウサイに振り回した布のカバンに型紙作りの材料を詰めて奥庭へ行くと、いつもエルゼの使っているベンチに、金茶色の髪の貴公子がぽつねんと座っていた。

「どなたかしら」

周りの木々と同じような深緑色の上着を羽織っている。貴公子の背中は儚げで、奥庭に溶け込んでいってしまいそうだ。

「森の精霊みたい」

背を向けているので顔は見えない。もっとも、顔が見えていたとしても、社交会に縁のないエルゼには誰だかわからなかっただろう。

「帰り道がわからないのかしら」

迷路のようなイチイの生け垣を抜けなければならない奥庭のこの場所は、庭師以外にエルゼくらいしか来ない。もし、散策中に迷って入り込んでしまったのならば、帰り道のわかる場所まで連れていってあげなければと思う。

「どうしよう」

声をかけようか悩み、生け垣の陰から様子を窺っていると、貴公子の傍らにあるものに目が吸い寄せられた。

「あれは……」

馬の首を模ったクッションだ。

エルゼは驚いた。かれこれ八年ほど前になるが、マルガリテに作ったものだったからだ。

「たしかあのクッションは、マルガお姉様がジョルダン様に贈ったはず」

せっかく作ってくれたのに怒らないでね、と前置きして、友人にあげたのだと話してくれた。

「ジョルダン・ネルソン様？　ゴルダドにお出(い)でになっていたの？」

貴公子がジョルダンなのか確かめたい。そして問いたい。どうして姉と結婚できないのか、と。

声をかけようか、しかし、と自分の姿に躊躇う。

小間使いのような形(なり)の娘が話しかけても、貴公子は相手にしてくれないかもしれないし、彼がジョルダンならば、マルガリテの妹アンリエッタだと名乗りにくい。

立派な姉の妹が自分だと知ったら、ジョルダンはどう思うだろう。

「マルガお姉様の品位が疑われてしまうかも……」

怖気づくエルゼの耳に、ジョーの声が聞こえた。

『どんな姿でいたとしても、堂々としていればいい』

エルゼは大きく息を吐いて吸い込むと、勇気を振り絞って貴公子の座っているベンチに近づいた。

「あの、失礼ですが……」

緊張気味に声をかけると、振り返った貴公子はエルゼを見て微笑んだ。

ジョー様と同じ青い瞳だわ。

日焼けした肌の立派な体格をしたジョーとは正反対だった。線が細く、端整な顔は白く抜けるようだ。齢の頃はエルゼよりも少し上だろうか。

「もしかして、ここは君の仕事場なのかな」

貴公子は裁縫箱を見て立ち上がろうとする。

「いいんです。お気になさらないで、お座りください。すみません。おくつろぎのところをお邪魔してしまって」

「ごめんね。ここは誰も来ないと思ったから。よかったら君も座って。ああ、僕のベンチではないけれど」

貴公子は笑って、エルゼが座れるよう馬の首クッションを抱えて場所を空けてくれる。

貴族が小間使いのような娘とベンチに座ることを厭わないのは、非常に珍しいことだ。

「では、お言葉に甘えて」

エルゼは貴公子の隣に腰かけた。

「君はお針子さんですか？」

エルゼはアンリエッタだと名乗れなくなってしまった。

「…はい、エルゼと申します」

「エルゼか。いい名前だね。僕はアラン・レイズ・ドーナ・スペラニアンです」

スペラニアンはスペラニアの王族で、ドーナがつくのは王位継承権者だ。

「スペラニアの王太子殿下！」

失礼いたしました、とエルゼが立ち上がろうとするとアランに止められる。

「僕は第二王子。アランでいいよ。ひとりでいるのもつまらないから、少しつき合ってくれるかな」

アランは柔らかな物腰で、お針子にも丁寧に話しかけてくる。

同じ王子でも、ウサイ王子とは大違いだわ。

「アラン様がそうおっしゃるのなら。あの、そのクッションはアラン様のですか？　珍しい形なので気になってしまって」

これ？　とアランはクッションを掲げる。

間違いない。私が作ったクッションだわ。どうしてアラン様が持っているのかしら。

「馬の首なんて珍しいよね。親しい友人のなんだ。僕があまりに気に入ってしまったから、快く貸してくれたんだ。長い間借りっぱなしだから、そろそろ返さなければならないんだけど…」

アランはクッションを撫でながら、少し寂しそうに言った。

「縫い目がほつれているところがあります」

「そうなんだよ。大事にしているんだけど。自分では直せないし、誰かに頼むのも恥ずかしくて」

「私でよろしければお直ししましょうか」

「いいのかい？」

「はい。道具もありますから、お任せください」

エルゼは裁縫箱から針と糸を取り出すと、アランからクッションを受け取ってほつれを確認する。

馬の頭と首の途中までを模したクッションは、こうして見ると拙（つたな）い出来だった。刺繍で表現した左右の目は大きさが違って歪んでいるし、当時は丁寧に縫ったつもりだったが、縫い目は粗くてやっつけ仕事にしか見えない。

栗色の木綿生地は全体的にくたびれていた。二ヶ所、小さな穴が開いているところがある。細かな切り込みを入れたフェルトを縫いつけて模した鬣は、所々ちぎれていた。

フェルトがないから鬣はどうしようもないわ。綻びは直せるけど、当て布がないから穴の開きそうなところは…、そうだ、同じ色の刺繍糸が確か…。

刺繍糸で穴が広がらないよう、ステッチを入れて塞ぐことにする。

エルゼは目立つところから取りかかった。

「ああ、鳥の囀りが聞こえるね」

「はい。奥庭は静かですし、とてもいい場所です」

日差しを顔に受けるように、気持ちのいい風に吹かれてアランが目を閉じている。

エルゼはせっせと針を動かした。

ふと気づくと、アランが手元を覗き込んでいる。

「上手だね。ああ、それを仕事としているのだから当たり前か」

「ありがとうございます。アラン様はマルガお…、マルガリテ様のお見合いにいらしたのですか？」

「う…ん。実は、兄上の強い勧めで来たのだけど…」

アラン自身はあまり乗り気ではないようだ。兄から茶会や夜会に出席するように言われ、出たくなくて逃げ回っているらしい。

「奥庭はなかなか辿り着けない場所なのですが、外苑で迷われたのですか？」

「僕は小さい頃、病気がちで身体が弱くて、ゴルダドで一年半ほど静養していたんだ。ここには何度か来たことがあるんだよ」

ゴルダドは医療や薬学が発達している。医術や薬学を学ぶため、また、病気の治療や静養のため、各国から人々がやってくるのだ。

昔、どこかの王子様が静養に来ているとマルガお姉様から聞いた気もするけど、アラン様にお会いした記憶がないから、私が北の棟に移った後だったのかもしれないわ。

「今もそう丈夫ではないけれどね」

エルゼは手を止めず、さり気なくアランを見た。確かに、頑健には見えない。

「馬の首クッションが気に入ったのは、馬が大好きなのに、周りから反対されて馬に乗る機会を貰えなかったからなんだ。悲しくて、身体の弱い自分を恨んだよ。人形と一緒じゃないと眠れない子供みたいで自分でもおかしいと思うんだけど、このクッションを傍に置いておくと安心するんだ」

「私も昔母が作ってくれた人形を枕元に置いています。母は亡くなりましたけど、母がいるような気持ちになって安心できるのです。アラン様と同じですね」

「そう言ってもらうと立つ瀬があるよ。少し恥ずかしかったんだ」

二人は微笑み合った。

「僕はここでの静養中、寝込むことはあったけれど、体調のいい時もあって、そんな時は散策するのが楽しみで内庭や外苑を歩いたんだ」

だから奥庭をご存じなのね。

「一度、小宮殿を目指して、途中で動けなくなったことがあってね」

「子供の足では辛いと思いますよ」

「屋根が木々の間に浮かんでいて、結構近くに見えるんだよ」

確かに、大した距離ではないように見えるのだ。

「行けども、行けども、屋根は一向に近づいてこなくってね。探しに来た侍従に大目玉を食らったよ。だけど、そうやって歩き回ったおかげで、日中はこうして兄上から隠れていられる。怪我(けが)の功名だ」

「夜はどうなさっていらっしゃるのですか？」

「疲れたから身体が辛いとごねて、ベッドに入って寝たふりをしているよ」

「まあっ」

にっこり笑うアランにエルゼも笑った。

「いい兄上なんだが、割と強引でね」

アランは肩を竦める。心配してくれるのはありがたいが、鬱陶しくもあるようだ。

ジョー様みたいな兄上様なのかしら。そうだわ、ジョー様のことを聞いてみようかな。

「アラン様、ジョー・ネルソン様をご存じでしょうか？」

「えっ！　ジョー・ネルソン？」

名を聞いたアランは戸惑っていた。

聞いてはいけなかったのかしら。

「申し訳ございません。ジョー様がスペラニアの方だとおっしゃったので、ご存じかと…」

「いや、いいんだ。謝ることじゃないよ。どうしてその名を知っているのかと思ったから。彼は…、君に何か失礼なことでもした？」

「いいえ、違います」

と言ってから、あれは失礼なことではないか、と思う。

そうよ、あんなに恥ずかしい、そう、破廉恥極まりないことをしたんだもの。

かといって、ここでアランに暴露もできない。

エルゼはウサイの名を出さず、たまたま通りかかったジョーに危ないところを助けてもらったのだと説明した。

それは、とアランは絶句した。

「何事もなくて本当によかった」

アランは心から心配してくれる。

「ジョー様のおかげです。アラン様の近臣の方ですか？」

「違うよ。彼は、その、兄上の…かな」

「兄上様の」

次期国王の近臣ということは、ジョーはスペラニアの有力貴族なのだ。

盗賊じゃなかったんだわ。

「彼の身元は僕が保証するよ。だけど、彼に会う機会があっても、僕とここで会ったことを言わないで欲しいんだ」

もしかして、ジョー様は兄上様に言われてアラン様を探しているのかしら。

ならば、王宮内をふらついているのもわかる。

「それと、どこか隠れる場所はないかと聞くかもしれないけれど、教えないで欲しいんだ」

真剣な面持ちで頼まれる。

「わかりました。お約束します」

「ありが…っ…」

アランが咳(せ)き込(こ)んだ。

王宮の北側に位置する奥庭は、日が陰ると風が冷たく感じる。

「涼しくなってきました。そろそろお戻りになられては」

エルゼは糸をハサミで切り、直し終わったクッションを手渡す。

「穴が塞がって、きれいになっている。ありがとう」

アランは愛おしげにクッションを撫でる。

うふっ、本当に気に入ってくださっているみたい。

「エルゼ、とても楽しかった。また、ここに来てもいいかな」

「はい」

アランはもう一度エルゼに礼を言い、大事そうにクッションを抱えて帰っていった。

「王子様なのに、なんて腰が低くて優しい方なのかしら」

アランは少女が夢見る王子様そのもので、誰もが恋するだろう。一緒にいると心が癒されて、幸福感に満ちてくる。優しいアランならば妻にした女性を大切にするのではないか。

「アラン様と結婚する女性は幸せになれるわ」

見ず知らずの自分に、こんなにも安らぎを与えてくれるのだ。

「あの方がマルガお姉様のお婿さんになってくださったらいいのに」

しかし、残念ながらアランは婿入りに興味がないようだ。

柔和なアランの顔を思い浮かべていたエルゼは動転した。アランの白い顔が徐々に薄れ、瞳だけ残してジョーの日焼けした顔が現れてきたからだ。

拳でこつこつ頭を叩き、もう一度アランの顔を思い浮かべても、ぼんやりとした顔にしかならず、ジョーの顔に上書きされてしまう。

すてきな王子様のアランより、ジョーに魅かれてしまうのはなぜなのだろうか。

「考えないでおこう」

どうせ答えは出ない。ジョーを封印するように、ぱたんと裁縫箱の蓋を閉めた。

「ジョルダン・ネルソン様のことも教えてもらえばよかった」

再びアランに会えたら、真っ先に聞こうと思った。


王宮には大中小三ヶ所の調理場が設けられている。それぞれの調理場には竈がいくつも並んでいて、普段はそれで十分賄えるのだが、いざという時の竈が外にも設えてある。マルガリテの誕生日の数日前から、三つの調理場は戦場と化すだろうから、普段は埃をかぶった外の竈の出番もあるだろう。

エルゼは小調理場の外にある竈を借りて、昨日からクッションに使う生地と糸を染めていた。生地は染め終わり、今は絹糸を染めている。馬の首クッションの鬣を、フェルトではなく絹糸で作るのだ。

染色で黒い色を出すのは難しい。職人に頼めばすぐにでも染めてくれるけれど、できるだけ自分の手をかけたかった。煤や膠を使う専門的な技術はないので、やしゃぶしの実や栗、楊梅（ようばい）の樹皮などを混ぜて煮出した液を使う。草木染めは繰り返し染めても真っ黒にはならないが、姉は喜んでくれるはずだ。

竈から下ろしてある鍋が冷えたのを確かめ、染料に浸（つ）かった絹糸の束を取り出す。軽く絞って水気を切り、指で扱（しご）いて染まり具合を見る。

「こんなものかしら」

乾くと色味が落ち着いて淡くなる。もう一度染めるかどうか考えていると、背後から誰かに抱きしめられた。

「ぎゃーっ！」

ウサイに襲われた恐怖が蘇（よみがえ）る。武器になるものをと、手にしていた絹糸を振り上げようとしたエルゼを、背後の人間が押さえ込んだ。

「待てっ！　俺だ、俺だ」

焦った声は…。

「ジョー様！」

安堵の息をついてジョーの胸にもたれると、ジョーが髪に鼻面を埋（うず）めて口づけを落とすので、エルゼはきっと顔を上げた。

「うっ、いきなり動くな。鼻が低くなるではないか」

エルゼの頭で鼻を打ったらしい。

知るもんですか！

「もうっ、どうしていつもふいに現れるのですか！」

心臓に悪いったらないわ。

「そなたはなかなかに…くっふっふふ…」

ジョーが耳元近くでしゃべるので、擽ったくて首を竦める。

「お転婆(てんば)だとおっしゃりたいのね」

エルゼが唇を尖らせると、自分でもわかっているのだな、と笑われ、エルゼは鼻筋に皺を寄せた。

「普通にお声をかけてくだされればいいのです」

「それでは面白くないだろう」

しゃあしゃあと答える。

「私をからかって楽しんでいらっしゃるのですか？　ウサイ王子かと思って、心臓が止まりそうだったんですよ」

「なんだと、あれがまた何かしたのか！」

ジョーが険しい表情に変わる。エルゼは、いいえ、と頭を振った。

「ウサイ王子には会っていません。ジョー様、そろそろ放してください」

エルゼは身じろいだ。ジョーと密着していると、腹の奥がうずうずしてくるのだ。

しかし、ジョーは腰に回した手を緩める気はないようで、エルゼは両手を前に突き出したまま、身体の深部で始まった隠靡(いんび)な感覚を必死に抑え込んだ。

腰に回った腕を剥がそうにも、染料に汚れた手で掴むわけにもいかない。

ジョーはエルゼを両腕にすっぽり包み込んだまま、エルゼの肩越しに鍋を覗き込む。

「アンリエッタは染色までするのか？　手が汚れるだろうに」

驚くのも無理はない。染色は手が荒れるだけでなく染まってしまう。職人には女性もいるし、市井のおかみさんたちも草木染めをするけれど、手芸はしても染色までする貴族の女性はいないのではないか。

「あまりしませんが、汚れはいずれ落ちますから気にしません」

「俺も気にしないぞ」

ここは、ありがとうございます、と言うべきなのだろうか。

「何を染めている」

「絹糸です」

「何に使うのだ」

「これはう…」

馬の鬣と言う寸前で止める。

ゴルダドのクッションは正方形か長方形、または円か楕円の形だ。アランも変わっていると言っていたから、馬の首の形をしたクッションはスペラニアにもないのだ。ここで馬の首クッションの話をすれば、アランの手元にあるクッションを思い浮かべるはずで、アランとエルゼの間に繋がりがあるのでは、と疑いを持たれてしまう。

「内緒です」

「どうしてだ」

「どうしても。ところで、ここは王宮の裏方です。こんなところでいったい何をなさっていらっしゃるのですか？」

エルゼはわざとらしいくらいに無理やり話題を変えた。

「そうだな、しいて言えば鬼ごっこかな」

ジョーはあっさり乗ってきた。

「いや、かくれんぼか…」

アラン様を探していらっしゃるんだわ。

「どなたとかくれんぼなさっているのですか？」

「内緒だ」

やり返してやったとばかりにジョーが言い、この辺りにどこか隠れるような場所はないか、と問うてくる。

「ないこともないですけど…」

「どこだ」

思い当たる場所はあるけれど、アランとの約束がある。

「教えて欲しいのでしたら、手を離してください」

「それはできんな」

「でしたらお教えしません」

「頑固者め」

「他国の方に王宮内のことをつまびらかにできませんから」

つんと澄まして見せる。

「では言わせるまでだ」

ジョーはエルゼの項に顔を埋めて口づける。

「こんなところでそんな…」

「褥(しとね)ならば構わんのか？」

「そんな意味ではありません！」

頬を染めて抗議すると、背後から胸元のリボンをほどかれる。

「やめてください。お召し物に染料をつけますよ」

汚れた両手をこれ見よがしに見せびらかす。

今日のジョーは白いシャツを着ているので、それで諦めてくれると思ったが…。

「好きにしろ」

思惑が外れる。

「触りますよ」

「構わんと言っているだろう」

「本当に触りますよ。染みになって落ちないんですよ」

「そうなったら、絹糸のように黒く染めてくれればいい」

「う……」

論破されたエルゼは地団駄を踏みたくなる。

腰に回していたジョーの両手が、身体の線をなぞるように上に向かって這い上がり、両の乳房を下からすくい上げる。

「あっ！」

肌蹴（はだけ）られた胸元から膨らみが露わになり、先端の尖りまでが外気に晒される。

「やっ！」

「俺のつけた痕は消えてしまったか。こちらはどうだ？」

内太腿を撫でられたエルゼは、慌てて足を閉じた。

胸の痕は消えたが、太腿の噛み痕はまだ残っている。

「酷いことはしないで」

「今日は快感だけ与えよう」

膨らみの先端を指で捏(こ)ねられ、身悶えしてエルゼは唇を噛みしめる。風が草を撫でていくように、快感が肌の上の産毛を撫でて広がるのだ。身を捩(よじ)っても抵抗にならない。緩急をつけたジョーの手淫は巧みで、エルゼは快感をやり過ごすことができなくなる。

「あぁ…」

吐息を吐き出した。一旦声を出してしまうと、止めることができない。愛撫の波に飲まれてエルゼは嬌声(きょうせい)を上げる。

乳首が痛いほどに固く尖り、膨らみの真ん中で存在を主張する。抑え込んでいた疼きが身体中を駆け巡り、あの場所がしっとりと潤い始めた。

「そなたは甘い香りがする」

エルゼの肩口に顔を埋め、ジョーは身体を密着させる。

エルゼは腰の辺りに違和感を覚えた。いつの間にか硬いものが腰に当たっていたのだ。ジョーが身体を押しつけるたび、それは硬さを増していく。

「気づいたか。いずれそなたが欲しがるものだ」

エルゼとて性交の知識はある。愛を育(はぐく)む行いであり、子を生す行いでもある。

初夜には夫に従い、夫を我が身に受け入れるのだと教えられたが、その時夫が、そして自分がどうなるのかは知らない。初夜の夢が破れてしまいそうで、具体的な話は聞かなかったのだ。

「まるで妖花だ。そなたの香りが俺を惑わす。突き入れたくなってしまうではないか」

ジョーに嬲られて、自分の身体は変わってしまった。無垢だった以前に戻ることはできないのだ。今も、蜜を蓄えた秘めたる場所はジョーの訪れを待っている。我が身に受け入れる準備が始まっているのだ。

夫となった方のための準備ではないの？

耳をねろりと舐められる。

「ひっ」

「そなたはどこもかしこも敏感だな」

淫らな身体が恨めしくてならない。

調理場の勝手口のほうから声がする。使用人が外に出てきたのだ。

すっと熱が引いた。

彼らにこんなところを見られたら…。

「おねが、い、もう…やめてください」

ジョーはふっと笑って身体を離し、エルゼの前に回って乱れた胸元を整える。

涙ぐんだ瞳で見上げると、ジョーは躊躇なく汚れたエルゼの手を取った。

「お手が」

「構わんと言っているのに、そなたは心優しいな。嫌だと言いながらも、この手を使わなかった」

限りなく白いシャツは上質なものだ。それを汚すことはできない。

「ますますそなたが欲しい」

前髪をかき上げられる。

「ジョー様」

さっきまで嬌声を上げていた自分が恥ずかしくて、エルゼは俯こうとすると顧を掴まれた。濃青色の瞳に見つめられて、エルゼは視線を彷徨わせる。

「前髪を上げろというのに。俺が贈った髪飾りはどうした」

「しまってあります」

とは言ったものの、しまいっぱなしではない。ミラがいない時に取り出しては、鏡の前で着けたり外したりしているから、エルゼは睫毛を伏せた。

「しまい込んでどうする。飾りは着けて楽しむものだろう」

「怖くて」

「怖いという意味がわからん」

「落としてしまうかもしれません」

探して見つかればいいが、誰かが拾って違うものに加工されてしまったら、二度と戻ってこない。

「仕方がないだろうよ」

「そんな簡単なことではありません」

「これならばどうだ」

前髪を流してジョーが髪に差し込む。

「うん、これも似合うぞ。そなたの瞳の色と同じだ」

「髪飾りは…」

言いかけたエルゼをジョーの唇が塞ぎ、ちゅっと吸って離れる。

「隠れ場所を教えてもらうのは諦めよう。だが、それは取るなよ」

ジョーはエルゼの鼻を軽く摘まむと、調理場とは逆のほうへと足早に去っていった。

広い背中が消えると、後ろから数人の足音が聞こえた。調理場の料理人らしき二人と、昨日染め終えた布を干すのを手伝ってくれた下働きの少女だ。

エルゼは慌てて身嗜み(みだしな)を確認して、彼らが来るのを待った。

「アンリエッタ様、大丈夫ですかい？」

「どうしたの？」

エルゼは動揺を隠すのに瞬きを繰り返した。

ジョー様が前髪を上げていくから。

表情が丸見えになってしまう。

「この子がぎゃーっていう悲鳴が聞こえたって言うもんで」

少女が心配そうな顔でエルゼを見ている。

叫び声、聞かれた…？

「鳥の鳴き声か何かじゃないかって言ったんですが、この子が間違いないって言い張るもんで」

ジョー様のバカ。こんなところであんなことなさるから。自分だけすたこらと逃げて、残された私のことも考えてよ。

「アンリエッタ様が外の竈を使っていらっしゃるのを思い出して、気になって見に来たんです」

「何もないわ」

エルゼは微笑んだ。若干頰が引きつっている気もしないでもないが、このまま押し通してしまえばいいと思う。

「ほら、お前の聞き間違えだ。アンリエッタ様は何もないとおっしゃっているぞ」

「でも、本当に聞こえたんです」

料理人が叱ると、少女は必死に言い募る。

少女が嘘をついたことになってしまう。エルゼはなんとかしなければと言い訳を考えた。

「その…、ぎゃーっていう悲鳴は、多分私よ」

「やはり何かあったのですか？」

「絹糸を染めていたんだけど、手が滑って絹糸を鍋の中に落としてしまったの。染料が飛んだから思わず変な叫び声を上げしまって、それが聞こえたのね」

心配してくれてありがとう、と礼を言うと、少女ははにかんだ笑みを浮かべる。

「服とか顔に飛び散ったから、ひとりで悪態をついていたの。大きな声で独り言を言っていたのが調理場まで聞こえてしまったのかしら。恥ずかしい。気をつけるわ」

「そうでしたか。それならばいいんですが」

「何もなくてようございました」

「忙しいのに、ごめんなさい。それから、二日間も竈を貸してもらっちゃって」

「外の竈は滅多に使いませんから、いつでも遠慮なくお使いくださいと料理長も申しておりましたんで、はい」

「私がお礼を言っていたと、料理長に伝えて」

三人が調理場に帰っていくと、エルゼは大きな溜息をついた。

「嘘ついちゃった」

腰を屈（かが）めて鍋から絹糸をすくい上げ、力任せにぎゅーっと絞る。

「全部ジョー様が悪いのよ。リザンドラお姉様とウサイ王子だけで手がいっぱいなのに」

引っかき回す人ばかり自分の周りに集まってくるのはどうしてだろう。

ジョーが現れてエルゼの日常は変わった。

ウサイにゴーストとまで言われたエルゼは、人に見られることが格段に増えた。

エルゼの中でも変化は起こっていた。ジョーが身体の中に残していく熾き火だ。

熾き火は身体の奥で燻っていて、ジョーが現れると燃え上がる。今も身体の中ではちろちろと炎が揺らいでいて、自分の身体を宥めるのに苦慮する。

ゆっくりと深呼吸を繰り返していると、熾き火が小さくなってくる。

「このまま消えてしまえばいいのに」

エルゼは溜息をついた。

ますます欲しくなったとジョーは言った。欲しいとは、妻にという意味なのか、それとも身体なのか。

アランは身元を保証すると言ったけれど、粗野で大胆で摑みどころのないジョーを信じてもいいのだろうか。

頭のヘアピンが気になり、汚れていない手の甲で探ってみる。触れた感触ではルビーより小振りな石がついているようだ。

贈り物を貰うと負債が増えていくようで嬉しくない。妻にすると言うのも口約束で、なんの確約もないまま身体だけ嬲っていくからだ。

まるで宙ぶらりんのマリオネットになってしまったようだ。自分の意思で動きたいのに、吊るされてじたばたもがいているだけ。

エルゼはまた溜息をつき、絹糸を握りしめた。

布も糸も、思っていた色合いに仕上がった。手を黒く染めてまで頑張ったかいがあったというものだ。

真っ黒になってしまわれて！　とミラには叱られたけれど…。

生地に型紙を当て、印をつけたら裁つ。別な生地で仮縫いまでして形を確認したから、仕上がりは万全だ。

一針一針心を込め、丁寧に針を進めた。縫い上がったら最高級の羊毛を詰める。ふわふわした弾力が生まれるよう、耳の先にも薄く羊毛を押し込む。形を整えて穴を閉じ、瞳や鼻の穴を刺繍で表す。最後は、房状にしていくつも作っておいた絹糸を、首に沿ってひとつずつ縫いつけて鬣にした。

喜ぶマルガリテの顔を思い浮かべながら、エルゼは奥庭で馬の首クッション作りに励んだ。

「できた」

出来上がったクッションを、両手で高々と掲げる。ピンと立ち上がった耳、刺繡のつぶらな瞳、絹糸の鬣は会心の出来だと思う。きっと姉は喜んでくれるはずだ。

「アラン様はお出でにならなかったわ」

アランが来たら、ジョルダン・ネルソンのことを聞きたかったのだ。鬣を手櫛で揃え、また会えたらいいな、と思った。

翌日、エルゼはクッションを布の袋に入れ、朝のうちに王族棟へと向かった。誕生日に向けて、姉は日を追うごとに忙しくなる。おしゃべりする時間があるのも今のうちだ。

顔見知りの衛兵に通してもらい、うきうきしながら大理石の廊下を進むと、左手に少し開けた場所に出て右手に階段が見えてくる。長い階段は緩やかなくの字型だ。

エルゼは上まで一気に駆け上がろうとして、下りてくる人の気配に足を止めた。

やってきたのは侍女を引き連れたリザンドラだった。珍しく二姫ブレンダも一緒だ。

「あら、アンリエッタじゃない。こんなところで何しているの？　相変わらずみっともない格好ね」

くすくす笑うのは、ミラに嫌がらせするリザンドラの侍女たちだ。

「ブレンダお姉様、リザンドラお姉様、ごきげんよう」

挨拶して通り過ぎようとするエルゼを、ちょうどよかったとリザンドラが踊り場で引き止める。

「明日はブレンダお姉様主催の舞踏会があるのよ。あなたもどなたかと一緒に顔を出しなさい」

ブレンダは六ヶ国語を操り、博士の称号を持つ才女だ。マルガリテの結婚後、宰相家の跡継ぎに降嫁することが決まっている。

女性にしては長身ですらりとしていて、少し癖のある金髪を編み込みで纏めている。拘り（こだわり）があるのか昔から常に同じ髪型だ。ヘーゼル色の瞳は会うたびに違った色に見える不思議な魅力がある。

エルゼが王族棟で暮らしていた頃からあまり接する機会はなく、ブレンダもエルゼに興味がないようなので、しゃべったのは数えるほどしかない。

「せっかくのお誘いですが…、どうしても出席しなければならないのでしょうか」

「アンリエッタ、出たくなければ出なくてもいい」

ブレンダはいつもこのような物言いをする。昔は機嫌が悪いのかと思っていたが、長々とした会話を好まないだけのようだ。必要なことだけを端的に述べて終わるので、会話が続かないのが難点だが、しつこいリザンドラに比べると気楽だ。

「申し訳ございません」

「その手はどうした」

ブレンダはエルゼの手を見て問うた。

「まぁ、汚い手」

リザンドラが眉を顰（ひそ）める。エルゼは馬の首クッションの入った袋を抱えて見えないようにした。

「これは、染色をしたのです」

「まるで下働きの手のよう。その汚い手では人前に出たくないのもわかるわ」

「リザンドラ、出るか出ないかは自由だ」

「ブレンダお姉様、いけませんわ。マルガリテお姉様のための舞踏会ですもの。皆が協力して盛り上げなければ。出たいわよね、アンリエッタ」

リザンドラの目が、出ると言いなさい、と脅している。ここで出ないと言えば、リザンドラはいかにエルゼが非常識かといったことをくどくど言い始めるだろう。マルガリテのところへ行くのが遅れてしまう。

「わかりました。出席させていただきます」

「ほら、アンリエッタも本当は出たいのですよ」

「そうだったのか。ならば来るがいい」

「…はい」

身支度をするのが面倒だけど、顔を出してリザンドラお姉様の嫌みを聞いて、すぐに帰ればいいわ。

「アンリエッタ、パートナー同伴で来るのよ」

「えっ、パートナー？」

「舞踏会ですもの、当然でしょ」

「でっ、でも…」

いきなり言われても困る。

「そうよね。突然こんなことを言われても、あなたは困るでしょう。そうだわ、ウサイ王子をお誘いしなさいよ」

「ええっ！」

それこそ突然だった。

ウサイに襲われた時の気持ち悪さが蘇って、エルゼは鳥肌が立った。ウサイを嫌っているのを知っているはずなのに、あえてウサイを勧めるのは、嫌がらせに他ならない。

絶対にお断りよ。

「あの方最近塞いでいらっしゃるの。嫌なことがおありだったとかで…」

嫌なことってあのこと？　嫌な思いをしたのは私のほうよ！　ジョー様がいらっしゃらなかったらどうなっていたことか。

「おかわいそうだから、慰めて差し上げて」

「とんでもない。私ではとてもウサイ王子をお慰めすることはできません。リザンドラお姉様がお誘いになったほうが」

「私？　それは私だって…、いいえ、私はあなたと違って誘ってくださる方が大勢いるの。日替わりでお相手して大変なのよ」

ふふん、という顔をする。

「もちろん、私の身体が三つも四つもあれば、その内のひとりはウサイ王子をお誘いするわ。でも、私はひとりなの」

「はあ…」

「あなたには誰もいないのでしょ？」

侍女たちが忍び笑いしている。

笑われたって平気だ。マルガリテのために出席するのもやぶさかではない。

だからって、どうしてウサイ王子なのよ。

ブレンダは出席すると聞いてエルゼへの興味を失ったのか、会話の輪から外れて階段を下り始めている。助けを求めても、好きにすればいい、の一言で終わるだろうから頼りにできない。

このままではウサイ王子を押しつけられてしまうわ。

リザンドラは言い出したら人の話を聞かない。強硬に断ると、リザンドラはエルゼを傷つけるような嫌みを織り交ぜながら、うん、と言わせるまで粘るだろう。

奥の手がないわけじゃないんだけど…。

あまり使いたくない。

「舞踏会に連れていって欲しいとアンリエッタが頼んでいたから、どうぞ一緒に行ってやってくださいって、私からウサイ王子にお願いしてあげるわ」

「お待ちください。リザンドラお姉様のお手を煩わせるようなことはしたくありません。舞踏会へは他の方とまいりますから」

恩着せがましい言い方に、エルゼは伝家の宝刀を抜いた。

言っちゃった。

「まぁ、言うに事欠いて、他のお相手だなんて。そんな見苦しい嘘はおやめなさい。あなたをエスコートしてくれる殿方が、この世にいるわけがないじゃない」

リザンドラに鼻で笑われ、侍女のひとりがぷふっと噴き出したことで、エルゼは我慢できなくなった。

こうなったら破れかぶれよ。

「私にも求婚してくださる方がいらっしゃいます」

「は…?」

リザンドラは鳩が豆鉄砲を食ったような顔をした。侍女たちも面食らっているようだ。ブレンダにも聞こえたのか、階下からヘーゼルの瞳でエルゼを見上げている。

「そういうことですので、失礼いたします」

長居すると、そんな方がいるわけがないだの、どこのどなただのといったリザンドラの突っ込み攻撃が始まってしまう。

あんぐり口を開けたままのリザンドラを残し、エルゼはそそくさと長い階段を駆け上がった。

どうしよう、どうしよう、どうしよう！

とりあえずウサイは回避できたものの、頭の中は、どうしよう！　でいっぱいだ。

「だって、ウサイ王子となんて絶対に嫌なんだもの」

リザンドラと侍女たちがしゃべっているのだろう、階下でぎゃあぎゃあと騒ぐ声が響いてきたが、次第に遠ざかっていく。エルゼは緊張を解いた。

「ジョー様にお願いすれば、一緒に出てくださるかしら」

ジョーの顔が浮かび、その場凌ぎに言って逃げてきてしまったけれど、その後のことは考えていなかった。頼み込めばエスコートしてくれるかもしれない。しかし、頼む目処が立たない。

「どこにいらっしゃるのかわからないんですもの」

ジョーは神出鬼没だ。

染色していた時に会って以来姿を見せないのは、アランを探しているからだろうか。あの時貰った紫水晶のついたヘアピンは、ルビーのヘアピンと一緒に大切にしまってある。

アランの兄の近臣なので、アランを訪ねて聞けばいいのだが、簡単なようでこれが結構大変なのだ。

まず、王族を訪ねるには手配が必要になる。それ相応の使者を出し、相手に伺いを立てなければならない。

「うー、侍従長にお願いしないといけないのよね。そうすると、どうしてアラン様を知っているのか聞かれるわ」

たまたま王宮内で会ったのだと誤魔化すことはできる。決して、奥庭でおしゃべりしたなどと正直に言ってはいけない。

「お小言が降ってくるわ」

侍従長を納得させて使者を出しても、すぐに返事が来るとは限らない。明日の舞踏会に間に合わない可能性が大きいのだ。

直接部屋に訪ねていけば、アランならば迎えてくれる気がするけれど、王宮内のどの部屋を使っているのかわからない。侍従を摑まえて尋ねれば教えてくれるかもしれないが、侍従長の耳に入るのは間違いない。

「結局、振り出しに戻るのよ。どうして言っちゃったんだろう」

求婚してくれた方だなんて言わなければよかった。だが、もう後には引けない。

「舞踏会か…。ジョー様はどんなふうに踊るのかしら」

ジョーのリードで踊る自分を想像すると、胸が高鳴ってくる。

「踊りたいけど、廊下を歩くだけで人目を引く方だから」

注目されずに踊る方法はないかと考えて、エルゼは自嘲した。

「エスコートしてくださるかどうかもわからないのに、バカね」

階下でパタパタと走る足音がした。足音は二人分で、階段を上がってくる。

「嫌な予感。きっとあの二人だわ」

思った通り、廊下に姿を現したのは、双子の五姫ソアラと六姫エリアだ。

「「アンリエッタお姉様！」」

揃いのドレスを着た二人はエルゼを見つけると顔を輝かせ、飛び跳ねるように一目散に駆けてくる。

「ブレンダお姉様からここにいらっしゃるって聞いたの」

「アンリエッタお姉様にお願いがあるの」

二人のお願いというのは聞かなくてもわかる。何かを縫って欲しいのだ。

「あのね、ショールに刺繍をして欲しいの」

「薔薇(ばら)の花の刺繍をいっぱいして欲しいの」

エルゼの予感は的中した。

「構わないけれど…」

「青い薔薇」

「あら、赤がいいわよ」

二人は青と赤で言い争う。

「ショールは何に使うの？」

マルガリテの誕生日の祝賀に着るドレスに合わせたいのだという。

「それは…ちょっと無理ね。時間がないもの」

二つ作らなければならない上に、祝賀まではあまり日がない。図案にもよるが、手の早いエルゼでも間に合うかギリギリのところだ。

「「えーっ！　お願い、アンリエッタお姉様」」

「そう言われても…」

マルガリテの誕生日に社交会デビューする双子の末っ子は十四歳。誰からも愛されて、我儘を許される双子は、齢よりも幼く感じる。

双子は、ドレスをこんなふうに摘まんでふんわりにして欲しいの、手袋の縁にレースを重ねてつけて欲しいの、と時々エルゼに頼んでくる。

私を自分たちの専属お針子だと思っているのよね。

仕立て部屋には王族の衣類の仕立てをするお針子が何人もいる。ひとりでは無理でも、数人でかかれば刺繍は余裕を持って仕上がるはずだ。

「私じゃなくても、仕立て部屋へ持っていけばお針子がしてくれるわ」

「いや、アンリエッタお姉様じゃなきゃ」

「アンリエッタお姉様がいいの」

「「お願い！」」

二人は駄々を捏ねる。エルゼは溜息をついた。こうなると、エルゼがうんと言うまで梃子（てこ）でも動かない。

「わかったわ」

了解すると、二人はエルゼの回りを飛び跳ねる。

「ドレスは何色なの？」

「「きれいな若草色」」

「あら、ピンクじゃないのね。若草色に青や赤ねぇ。ちょっと映えないかしら」

「じゃあ、アンリエッタお姉様が合うと思う色で作って」

「アンリエッタお姉様が選んで」

二人の意見が合わないと、いつもエルゼ任せになる。

「二人とも同じ色でいいの？」

「「うん」」

「後で文句を言わない？」

「「絶対に言わない！」」

「…わかったわ」

「「きゃーっ！」」

ショールの他に、ドレス生地の端切れがあればそれも一緒に用意して欲しいと伝え、一式をセレに渡すように言った。

「「ありがとう、アンリエッタお姉様！」」

頼みごとが済むと、二人は駆け去っていく。

「セレも侍従長も私が走るといつも怒ったのに、あの二人にはちっとも怒らないんだから」

双子が若草色のドレスにしたのは、男装する時にマルガリテが好むからだろう。

「オレンジやピンクのほうが似合うのに。若草色か、どんな色の薔薇が合うかしら…、と呑気に刺繍のことを考えている場合じゃなかったわ」

エルゼは小走りでマルガリテの部屋まで行くと、扉をノックする。扉はすぐに開き、出てきたマルガリテづきの侍女に取り次ぎを願う。侍女はにっこり微笑んでお待ちくださいと一旦扉を閉めた。

これはいつものことだ。侍女が姉に伺いを立てに行くのだ。形ばかりのことで、いつもすぐに扉が開く。なのに、今日はなかなか扉が開かない。

エルゼは廊下に並んでいるオットマンに腰かけた。

「お支度の途中だったのかな」

今か今かと焦れていると、やっと扉が開いた。エルゼは立ち上がって部屋に入ろうとすると、侍女が申し訳なさそうにエルゼを止めた。

「私がご用の向きをお伺いします」

こんなことは初めてだ。

「お身体の具合がお悪いの？」

「マルガリテ様は健やかにお過ごしです」

「よかった。お忙しいのはわかっているの。だけど、お会いできないかしら。誕生日のプレゼントをお持ちしたの」

「私がお預かりいたします」

「どうしても直接お渡ししたいの。少しの時間でいいから」

「ですが…」

エルゼが懇願すると侍女は困った顔をする。入れるなと言われているのだろうか。

「どうかお願い」

「通しなさい」

奥から姉の声がすると侍女はほっとした顔になり、エルゼを招き入れた。

「おはようございます、マルガお姉様」

「おはよう」

いつもなら迎えに出てくれる姉は、椅子に座ったままだった。すでに身支度も済ませ、書類のようなものに目を通している。

「何か用かしら」

聞いたことのない冷めた声だ。ちらりとエルゼを確認するマルガリテは無表情で、すぐに視線を書類に戻してしまう。

「少し早いのですが、お誕生日おめでとうございます」

エルゼは姉の様子に戸惑いながら、努めて明るく言って、布の袋の中から馬の首クッションを取り出す。

「マルガお姉様の希望なさった黒い色で作りました」

「ああ、そうだったわね。ありがとう。そこへ置いていってくれるかしら」

マルガリテはソファーを示す。置いたら帰れと言わんばかりだ。

「…はい。お忙しい時間にお邪魔してごめんなさい」

クッションとカードをソファーに置くと、マルガリテを気にしながら扉へと向かう。姉は顔を上げず、返事もしてくれない。侍女が同情するような顔で扉を開ける。エルゼは侍女に小さく微笑み返して部屋を出た。

静かに扉が閉まった。

エルゼはしばらくその場に立ち尽くしていた。

「……帰らなきゃ」

いつまでも姉の部屋の前に立っているわけにもいかない。エルゼは肩を落としてとぼとぼと大理石の廊下を歩き出した。


無意識に歩いていたようだ。いつの間にか王族棟を出て、北の棟まで来ていた。

姉の冷たい態度が理解できなくて、エルゼは混乱していた。握りしめていて、掌に爪の痕ができている。

「どうしてしまわれたのかしら。目も合わせてくださらなかった」

エルゼの知らない姉だった。

姉の侍女も戸惑っている様子だった。以前、訪(おとな)いを入れた時は普段通り接してくれたから、姉の変化の原因は自分なのだ。

「何か失礼なことをした？」

まったく身に覚えがない。

リザンドラの茶会以降、姉とは会っていないし、別れた時はいつもの優しい姉だった。

婿を選ぶ日が近づいてきてピリピリしているのか、連日の催し物に疲れているのか。

しかし、それで態度を変えるような姉ではない。

冷ややかな声だった。姉のあんな声は聞いたことがない。何より、期待してくれているのだと思っていたプレゼントに、まったく興味を示してくれなかったことが、エルゼにはショックだった。

「喜んでくださると思ったのに…」

染料で黒く染まった手を見ると、悲しくて涙が滲(にじ)んでくる。

エルゼは気持ちを落ち着けようと、空になった布の袋を握りしめて奥庭へと向かった。

王都はこのところ晴天続き。エルゼの心とは裏腹に空は晴れ渡っていた。陽(ひ)の光を背にして、木漏れ日が踊るベンチにエルゼは悄然(しょうぜん)と腰かけた。

昨日まで、ここに座って姉のためにクッションを作っていた。楽しくて、わくわくしていたことを思い出し、切なくなる。

「私の何がいけなかったの？　私はマルガお姉様に何かしたの？」

震える声で自分に問うてみるけれど、答えが出てくるはずもなく…。

もう一度姉に会って理由を聞きたいけれど、姉の顔を見るのが怖かった。それに、訪ねても部屋の扉が開くことはないのではないか。

　ふうっと大きく息を吐いて空に目をやる。

　奥庭でひとり、誰にも邪魔されず縫物をしたり、読書したりするのが好きだったのに、今はとてつもなく孤独を感じる。

「マルガお姉様に嫌われてしまった」

　風で揺れる木々の梢や、流れていく雲までもゆらゆら揺れて見えるのは、溜まった涙のせいだ。

　零すまいと瞬きをせず、一心に空を見つめていたが、とうとう涙が零れ落ちた。

　膝頭を握りしめ、涙をそのままに、遠ざかっていく雲を眺める。

「あの雲に乗ってどこかへ行ってしまいたい」

「どこへ行きたい」

　吐息が耳朶(じだ)を撫でる。エルゼはびくっと身体を揺らした。真後ろにジョーがいる。

　これほど近づいているのに、まったく気配を感じなかった。特に、足音が聞こえないのは不思議で、ジョーの足は猫のようだ。

　こんな時にお出でになるなんて。

　エルゼが涙を拭く前に、ジョーは上体を屈めてエルゼの顔を後ろから覗き込んで、素早く前髪をかき上げる。

「泣いていたのか？」

エルゼはジョーの手を振り払って顔を背け、握りしめていた布の袋に顔を埋めた。

「泣いてなんかいません」

「そなたはすぐに顔を隠してしまうな。どうした、嫌なことでもあったのか？　リザなんとかという姉に虐められたのか？」

ベンチをまたいで隣に座ったジョーに、エルゼは頭を振った。

「ひとりにしてください」

「できるわけがないだろう。好きな女が泣いているのだぞ」

そんなこと言わないで。

優しくされると縋りつきたくなってしまう。

エルゼの身体がふわりと浮いた。ジョーが抱き上げて自分の膝の上に乗せたのだ。嫌だと突っぱねても力で敵うわけがない。ジョーの腕の中にすっぽりと収まってしまう。

「泣くな」

「うぅ…、ふっ…ぅぅぅ…」

悲しみが溢れてきて、嗚咽（おえつ）が漏れてしまう。

「そなたはこの広い宮殿で蔑ろにされても、負けずにひたむきに生きてきたではないか。余程のことがあったのか？」

優しい姉がいなくなってしまったのだ。ここで生きていく勇気がない。

「もう、どこ、か…、ぅうぇっ、いたくな、い」

「ゴルダドにいたくないのか？」

エルゼは頷いた。

「ならば俺と一緒に来い。俺がいつも傍にいて、何があってもそなたを守ってやる」

「ジョー様…が？」

「そうだ」

「う、そです。そうおっしやる、だ…、けで…ぅうぅっ」

「ああ、よしよし。ほら、それを離せ」

ジョーがエルゼの頭を撫で、指が白くなるまで握りしめていた布の袋を奪う。

「泣きたいのなら、我慢せずに思いっきり泣くがいいさ」

甘い言葉を信じてはいけないと思うけれど、背中をぽんぽんされると、堪えていたものが一気に流れ出てくる。エルゼはジョーの胸に顔を埋めて泣いた。

マルガリテの微笑む美しい顔が現れては消え、現れては消えていく。

「俺が守ってやる」

ジョーは繰り返し囁いて、髪に口づける。

背中や頭を撫でられていると、波立った心が静まり、幼子の時の微かな記憶が呼び起こされる。

お母様もこうして私をあやしてくれたわ。優しい声で子守歌を歌ってくださった。

愛しんでくれた人が確かにいたことがエルゼの心を勇気づけ、ジョーの温もりに包まれて孤独感が薄らいでいく。

「話してみないか。少しは楽になるぞ」

落ち着いてきたエルゼの頬を、ジョーは指でつっつく。

「なんなら、そなたの嫌いなぱっつん男やリザなんとかを、俺がこの手で葬ってやってもいいぞ」

ジョーの軽口に、口元が綻ぶ。

「俺にはそなたの泣き顔も貴重だが、やはり笑ったほうがいいな」

「恥ずかしいところをお見せしました」

エルゼはぽつりぽつりと、急に変わった姉の態度に傷ついたことを話した。

「王妃様が私を娘にしたことで妹ができてしまったから、義務感で優しくしてくださっていたのかもしれません」

「今になって優しくするのをやめたと。なぜ今なのだ」

エルゼにはわからない。わからないから悩ましいのだ。

「そなたは姉の何を知っている」

「何を…？」

花はアイリスが好きだ。宝石はサファイア。色は新緑の若草。婿選びまでは毎日ドレスを着るようだが、男装も好んでいる。フィンガー型のさっくりしたビスキュイを、ミルクと砂糖をたっぷり入れた濃いめのお茶につけて食べるのが好きなのは、姉づきの侍女たち以外はエルゼだけが知っていることだ。

こんなことをするのはあなたといる時だけだから、他の人には絶対に内緒ね、ってマルガお姉様はお口の前に人差し指を立てて悪戯っぽく笑ったわ。

だがそれはジョーの求める答えではないだろう。

私はマルガお姉様の何を知っているのかしら。

考えたこともなかった。

「見えているものがすべてではない。見えていないもののほうが多いかもしれんぞ」

「見えていないもの…」

「そなたの姉は大国ゴルダドを背負うのだ。腹芸のひとつくらいできなければならん。腹を立てていても平静を装い、身を引きちぎられるほどの悲しみにも微笑まなければならぬ時がある。義務感で優しい姉を演じることもできるだろうよ。しかし、だ。そなたの知っている姉は本当にそのような人物なのか？」

エルゼははっと息を飲んだ。

『あなたは幸せになってもいいのよ』

あれはマルガお姉様の本心だったわ。

「嫌われたから、嫌いになる、それもいいだろう。これまでのことをすっぱり忘れて決別できるのなら。そなたは姉を嫌いになれるのか？」

簡単に嫌いになれるのなら、これほど悲しみが深くはならない。大好きだから、信じたいから苦しいのだ。

マルガお姉様はお母様のように優しくて…。

エルゼは気づいた。

母を失った時のような悲しみが押し寄せてきたのは、姉に母親の愛情を求めていたからではないか。

「…いいえ、嫌いになれません」

「ならば、そなたは好きなままでいればいいではないか」

「好きなままで…」

「相手がどう思っていようと関係ない。そなたの思いはそなただけのものだ。違うか？」

嫌われたって、おしゃべりできなくなったって、私はマルガお姉様が大好きだもの。

「ジョー様、ありがとうございます」

晴れ晴れとした心持ちで濃青色の瞳を見上げると、ジョーは、偉そうなことを言ってしまった、と照れくさそうな顔をする。

「そんなことないです。ジョー様がいらっしゃらなかったら、私は今後ずっと泣き暮らしていたかもしれません」

「大変だ。すみれ色の瞳が溶けてしまうぞ。もう泣いたりしないか？」

「はい」

「憂いは晴れたのだな」

「はい、あ……」

姉のことですっかり忘れていたが、もうひとつ大きな問題を抱えていたのを思い出した。

明日の舞踏会だ。

「なんだ、まだあるのか」

くすっと笑ったジョーがこめかみに口づけ、そこでさらに、自分が膝の上に座っているのだと思い出した。

もじもじして下ろしてくれるように頼んでも、ジョーは肩を竦めるだけ。恨めしそうに見上げると、ジョーはエルゼを逃がすまいと回した腕に力を込める。

「座り心地が悪いのか？」

居心地がいいから困るのだ。

「重くて足が痺(しび)れます」

「重いだと？　軽いの間違いだ。もうひとり乗せてもいいくらいだ。さあ、残っている懊悩(おうのう)を打ち明けてみろ」

エルゼはジョーの膝から下りるのを諦め、ブレンダが主催する舞踏会に出席しなければならなくなったと話した。

ジョーにエスコートして欲しい。

濃青色の瞳を一心に見つめ、俺と行くかと言ってくれるのを期待する。

「嫌なら出なければいいではないか」

なびいてくれない。

誘ってくださると思ったのに。

結婚の申し込みをしてくださった方とまいります、と啖呵(たんか)を切ったことは話したくない。

ジョー様から正式にプロポーズされていないんですもの。

「ブレンダお姉様はどちらでもいいっておっしゃってくださいました。ですが、リザンドラお姉様が出るべきだと言い出して」

「舞踏会は好きではないのだろう？　毅然(きぜん)とした態度で断れ」

私だってそうしたかったわ。できないから困っているのよ。

この世に怖いものはないようなジョーには理解できないのだ。

「嫌みを言われたので、見栄を張って出るって言ってしまったのです」

エルゼがしょんぼりすれば、それのいったい何が問題なのだとジョーは首を傾げる。

「リザンドラお姉様が、パートナーにウサイ王子を勧めて…」

「なんだと！」

想像以上の剣幕に、エルゼは身を縮めた。

「ああ、すまない。そなたに怒鳴ったのではない。まさか、ぱっつんと踊ることを納得して受け入れたのではないだろうな」

「いいえ。パートナー同伴と決まっていたら、嫌みを言われても絶対に断りました。ですけど、出ると言ってしまっていた手前、引くに引けなくなって…」

ここらで察してくれるのではと窺うように見上げるけれど、ジョーは話の続きを待っている。

「それで…、結婚の申し込みをしてくださった方とまいります、と言ってしまいました」

とうとう言ってしまった。でも、これでわかってくださるはず。

「ほう。そなたにそんな相手がいたとは知らなかった」

「え…？」

どうしてそうなるの。

「あのっ、その……」

おたおたしていると、ジョーが小刻みに肩を揺らしている。

「ジョー様？」

くっくっくっと声が漏れたのが聞こえて、ジョーが笑いを堪えているのだと知る。

「笑うなんて酷い」

「まったく、俺相手に駆け引きするのは無駄だぞ。なにしろ、俺は人の心が読めるのだからな」

「本当ですか？」

「冗談だ」

ウインクするジョーに、エルゼは頬を膨らませた。

「ほおら、そなたはすぐに顔に出る。怒った顔もかわいいが、どうして素直にエスコートしてくれと言わんのだ。俺が断ると思ったのか？」

「舞踏会に出てくださるのですか？」

「さて、どうするか。素直に頼まれたら二つ返事で行くと答えたのだが…」

ジョーが顎に手を当てて思案し始める。

余計なことなどしなければよかった。

「お願いします」

エルゼは両手を組んで必死に頼んだ。ここで否と言われたら、ウサイと踊らなければならないのだ。

「ダンスはあまり好きではないのだが…。そなたのたっての願いに、否とは言えん」

「ありがとうございます！」

「だが、無償というわけにはいかんぞ」

そうよね。無理にお願いするんだもの。たしかセレが、買い物に使えるお金が貯まっていると言っていたわ。

王族には必要経費としていくばくかの予算が計上され、金額に差はあるものの、エルゼにも用意されている。使ったことがないので金額ははっきりしないが、それなりにあるはずだから、そこから支払えばいい。

「いくらお支払すればいいのですか？」

「金？　金には不自由しておらん。金以外のものだ。そうだな…」

ジョーはにやりと笑うと、そなたから俺に口づけてくれ、と言った。

「私から？」

強引に奪われてばかりいて、いざ自分からするとなると、頭の中が真っ白になる。

「どうする？　しなければエスコートはなしだぞ」

「う…」

何度もしたじゃない。口づけですもの。唇を合わせればいいのよ。

ジョーの肩に手を置き、よしっ、と気合いを入れたものの、濃青色の瞳が興味津々で見つ

めるのでやりにくくて仕方がない。

「目を閉じてください」

ちょっぴり不満げに瞬いて、瞳が閉じられる。今だ、というように身を乗り出し、ジョーの唇に自分の唇を勢いよく、ぶちゅっ、と押しつけて身を引いた。

「しました。出席してくださいますか？」

これでどうだと言わんばかりにジョーを見ると、当のジョーは頬を引きつらせている。

「…確かに、これも口づけには違いない」

濃青色の瞳を細めてジョーが楽しげに笑い出す。

「よかろう。口づけも一応貰ったことだし、そなたは俺と一緒に来ると約束してくれたのだからな。何があってもそなたを守ってやる」

私、何か約束した？

約束をした覚えはないと言う前に、今度はジョーに唇を塞がれる。

一緒に行くって、どこへ？

下唇をやんわり噛まれ、ジョーの口づけが次第に深くなる。

ならば俺と一緒に来い。

そのようにことをおっしゃったような。

俺がいつも傍にいてそなたを守ってやる。どうだ？

そう聞かれたわ。そして私は…。

貪るような口づけに、思考が途切れ出す。

頷いたか…も…。

激しい口づけと共に、ジョーの手が身体を弄る。感じやすい場所を攻められて、身体の深部が疼き出す。

淫らな愛撫にエルゼの思考は立ち消えた。


三々五々連れ立って会場に入っていく人々を、エルゼは幾度も見送った。

会場の入り口で待ち合わせしていたが、ジョーの姿はない。

「中に入ったのかしら」

会場内を覗き込んでも人が多すぎて、どこにいるのかわからない。舞踏会の会場は想像以上に煌びやかで、足を踏み入れるのを躊躇ってしまう。それに、まだ来ていない可能性もある。

「妻になるかもしれない私を待たせるなんて」

言ってみて、自分の言葉に照れてしまう。

「もう少しここで待ってみよう」

ゴルダドの舞踏会は、日が暮れ始めると気の早い人々が集い出し、会場内が賑やかになった頃を見計らって、楽団が演奏を始める。前振りで二、三曲演奏して会場を盛り上げてから主催者の登場となる。簡単な挨拶の後、主催者が一曲踊り終えるとそれが合図になり皆が踊り始める。

すでにブレンダの挨拶は済んでいるようだ。三拍子の曲に合わせてくるくると円を描きながら、男女が軽やかに踊っている。壁際にはダンスそっちのけでおしゃべりに興じる人や、飲み物のテーブルが用意されているところでたむろっている人たちもいる。人々は思い思いに舞踏会を楽しみ、踊り疲れて引き始めるまで続く。

エルゼは深い紫色のドレスを身に着けてきた。ミラにはもっと華やかな色にしましょうと勧められたけれど、染色で染まった手は、爪や爪の回りに色が残っているので、黒い手袋を合わせられる色がよかったのだ。

エルゼの横を通り過ぎていく誰もかれもが、エルゼを見て囁き合い、中には振り返りながら入っていく人もいる。

部屋まで迎えに行くと言ったジョーに断りを入れたのはエルゼだ。ジョーは人目を引く。会場に入れば注目を集めるから、それまでは注目されたくなかったのだが、前髪を上げてきたのは失敗だったようだ。

「下ろしてくれればよかった」

ジョーは会うたびに前髪を上げろと言ので、後ろは編み込んで纏め、小振りな石のついたヘアピンで前髪を留めてきた。小粒でも美しい発色の紫水晶はルビーほど高価ではないけれど、今夜の装いに合っていると思った。

こういう時でないとつける機会はないし、せっかくプレゼントしてくれたのだからつけているところを見せたかったのだ。

外そうかと頭に手をやっては、ジョーが来るまではと我慢していたが、いつまで経っても来ない。

出入り口はここだけだし、会場の中にいても、入り口付近でうろうろしているエルゼにすぐ気づくはずだ。

「遅いわ。どうなさったのかしら」

約束を違える人ではないと信じているが、ここでこのままこうしていても埒が明かない。

エルゼは会場に足を踏み入れた。

「やっと来たわね、アンリエッタ」

数歩進んだところで横から声をかけられたエルゼは飛び上がった。壁際に、目元を羽のついた白いバタフライマスクで隠したリザンドラがいたのだ。

胸元を大きく刳った純白のドレスは胸の膨らみを強調したものだ。髪はふんわりと結い上げ、ここにも純白の羽飾りを散らし、金の地金にピンクや淡い紫色のパールを施した装飾品で、全身を飾っている。

仮面まで用意して、手ぐすね引いて待っていたようだ。

「アンリエッタ、遅いじゃない。ブレンダお姉様のご挨拶は済んでしまったのよ」

「申し訳ございません。支度に手間取って」

「ふん、まあいいわ」

リザンドラはエルゼの黒い手袋に目を向けたけれど、指摘しなかった。他に虐める材料があるからだろう。

「あの、今日は仮面舞踏会ではありませんよね」

「ブレンダお姉様主催なのよ。そんなお遊びなさるはずがないじゃない。あなたを待つ間、目立たないようにしていただけよ」

十分目立っているんだけど……。

仮面を着けているのは、ひとりだけ。何か趣向があるのだろうと、あえて声をかけないでいるだけで、近くにいる人たちはリザンドラだと気づいている。

「ところで、アンリエッタ。エスコートしてくださる方はどこなの」

リザンドラは仮面を外して大袈裟に辺りを見回す。

言うと思ったわ。

これ見よがしに何度もアンリエッタと名を呼ぶので、周りにいる人々がざわつき始め、四姫様よ、と声が聞こえてくる。

「まだお見えではないようです」

「その方は本当にいらっしゃるの？　アンリエッタ」

リザンドラは鼻で笑う。

「約束してくださいましたから」

平静を装っているものの、エルゼは不安になってきた。

ジョー様、早く来て。

「ねえ、アンリエッタ。舞踏会は始まっているのよ。まだ来ないって失礼じゃない？」

リザンドラの言う通りなので、反論できない。

「お見えになったらご紹介します。私はブレンダお姉様にご挨拶してきます」

私も一緒に行くわ、とリザンドラが後をついてくる。リザンドラが動くと人々の視線が追ってくるので、エルゼにも注目が集まってしまう。

私のことは放っておいてくだされぱいいのに。

純白のリザンドラと対照的な濃紫のドレスなので、二人でいると目立つことこの上ない。

人々はリザンドラよりもエルゼを興味深げに見るのだ。

「リザンドラお姉様はどうぞ踊っていらして。お待ちになっている貴公子の方が大勢いるのではないですか？」

「舞踏会は真夜中まで続くのよ。いくらでもお相手できるわ。アンリエッタ、挨拶したら逃げようって魂胆じゃないでしょうね」

「そんなことは…」

ああ、ジョー様がいらしていたら。

「ならいいじゃない。連れてくると言ったからには、結婚の申し込みをしたお相手とやらを見せてもらうわよ。ほら、向こうにブレンダお姉様がいらっしゃるわ。マルガリテお姉様も。ブレンダお姉様、アンリエッタがまいりましたわ」

リザンドラは声高に叫ぶ。ブレンダやマルガリテだけでなく、踊っている人も、壁際でしゃべっている人も、茶会の時のようにエルゼを見てざわめく。

マルガリテはどこかの貴公子と話をしていたが、エルゼが来たとリザンドラが叫んだ途端、まるで逃げるように貴公子の腕を取って踊りの輪に入っていってしまった。

マルガお姉様…。

「マルガリテ様とシルバー王子だぞ！」

ダンスの輪にマルガリテが入ったことで、会場は沸き上がった。

「マルガリテ姫はシルバー王子に決められたのかな」

「そうみたいだな。ペルペのマイヤー王子も有力候補だと聞いたが、どうだろう」

「どっちにしろ、俺たちに勝ち目はないってことだ」

貴公子たちが話している。

お相手が絞られているんだわ。

リザンドラはエルゼの腕を掴み、胸を張って踊りの輪の端を突っ切っていく。

「リザンドラ姫だ。一緒にいるのは誰だ？」

「アンリエッタ姫らしいぞ。噂で聞いたのと違うな、結構好みだ。君はどちらがいい？」

別の貴公子集団がしゃべっている。

マルガリテが出てきて人々の注目が集まっている最中なので、派手なリザンドラに視線が集まり、おのずとエルゼも晒し者になる。

珍獣になった気分。

「リザンドラ姫、と言いたいところだが、アンリエッタ姫かな」

痛い。

エルゼの腕を掴んでいるリザンドラの手の力が強くなる。

「私もアンリエッタ姫だな。スミレ色の瞳が清楚だ」

「うん。楚々とした感じがいい」

貴公子の戯言に、リザンドラの表情が険しくなってくる。

「いい気になるんじゃないわよ」

「そんな……」

「早く来なさいよ」

「は、はい」

噂好きな方って、どうして声高なのかしら。

シルバー王子と踊るマルガリテと視線が合った。エルゼが困っていると、いつもならマルガリテが助けに来てくれるのだが、硬い表情の姉はふいっと視線を外して、シルバー王子に話しかける。

嫌われても好きでいると決めたけれど、あからさまに避けられると悲しくなってしまう。

「ご招待ありがとうございます、ブレンダお姉様」

「来たのか、アンリエッタ」

オレンジ色のドレスにいつもと同じ髪型のブレンダの隣には、ふくよかな貴公子がつき添っている。

「私の婚約者、ヘンリー殿だ」

「お初にお目にかかります。アンリエッタです」

ヘンリーは軽く頷いただけでエルゼに興味を示さなかった。話しかけられるよりそっけないほうが楽だ。

「ブレンダお姉様、アンリエッタは嘘をついたのですよ。ひとりで来たのです」

「そうなのか？」

「いいえ」

「じゃあ、あなたに求婚したという方はどこにいるの？」

「それは…」

私が知りたいわ。約束したのに…。

姿を現さないジョーを恨めしく思う。

「そんな人はいなかったのよ」

「この飾りをくださいました」

ヘアピンを指差すと、リザンドラは嘲笑う。

「こんなに小さな紫水晶なんて、恥ずかしくて添え物にも使わないわ」

水晶は手頃な石で、リザンドラには安物のクズ石なのだ。

「アンリエッタ様のヘアピン、紫水晶らしいわ」

「他国の貴公子も大勢いらっしゃるのに、ゴルダドの姫が紫水晶だなんてねぇ」

ジョー様はルビーもくださったわ。大きなルビーよ。あれを着けてきていたら、リザンドラお姉様だって――。

羨ましがったはずだと思ったエルゼは、リザンドラと張り合おうとしている自分が情けなくなった。

何を言われても気にしちゃいけないわ。ルビーはすてきだったけど、私は紫水晶が気に入ったし、今日の装いにも合っているわ。言いたい人には言わせておけばいいのよ。

そう自分に言い聞かせたけれど、中傷がエルゼの心を傷つける。

ヘンリーがブレンダに何か囁いた。二人はエルゼに鋭い視線を送ってくる。ヘアピンを見ているのだ。値踏みされたのかと思うと、エルゼはいたたまれなくなった。

「貰ったと言っているけれど、自分で用意したのではなくて？　エスコートしてくださる方がいないのなら、正直に言えばよかったのよ」

リザンドラは決めつける。

嘘じゃないのに。本当にいただいたものなのに。

「そんなことだろうと思って、ちゃんとウサイ王子にお願いしておいたわ」

「なっ！」

エルゼは絶句した。

「あっ、ウサイ王子！　ここよ！」

リザンドラが手を上げて合図する。襲われた時と同じ上着を羽織ったウサイが、人混みをかき分けてやってくる。ウサイの姿を目にしたエルゼは当時の恐怖が蘇り、血の気が引いた。

ここにいたらウサイと踊らなければならなくなると思うと、吐き気がして身体が震え出す。

リザンドラはもちろん、ブレンダもエルゼに助け船は出してくれない。嫌なら断ればいいと言うだけだろう。自分の身は自分で守らなければならない。

「ブレンダお姉様。申し訳ございません、来たばかりですが、お暇したいのです。なんだか気分がすぐれなくて…。お許しいただけますか？」

「顔色が悪い。許す。帰って休むがよい」

「ありがとうございます」

ブレンダの許可が下りてリザンドラは苦々しい顔をしたものの、口を挟むことはしなかった。それほどエルゼの顔色が悪くなっていたのだ。

「来てやったぞ、アンリエッタ」

エルゼの前にウサイが立ちはだかったが、エルゼはウサイを無視して素通りした。姿を見るのも口を利くのも嫌だったのだ。

エルゼは真っ直ぐ前だけ向いて出入り口に向かった。

「おいっ、無礼だろう」

言われなくたってわかっているわ。

「お前が私と踊りたいと言うから来てやったのだぞ」

頼んでなんかないわよ！

マルガリテがホールの中央で貴公子と踊っている。美しく華やかな姿に見入ってしまう。

もうあの微笑みを自分に向けてくれることはないのだと思うと、エルゼは切なくなった。

「どこへ行く。待て、アンリエッタ」

エルゼの心臓が縮み上がった。ウサイがついてきているのだ。心臓が早鐘を打ち出した。怖くて振り返ることもできない。

ジョー様、助けて！

今ここでジョーが現れたら、しがみついて泣いてしまっただろう。

「ウサイ王子様、ここにいらしたのですね。お探ししたのですよ」

「私たちと踊ってくださる約束よ」

エルゼを救ったのは、見知らぬ二人の令嬢だった。

「やあ、レディたち」

令嬢たちに引き止められたウサイが、彼女たちに愛想を振り撒（ふま）いている。今のうちだ、とばかりにエルゼは脇目も振らず出入り口へ進んだ。

立ち話をする人にぶつかる。何事だと驚く人に詫（わ）びながら、またぶつかって詫び、まるで溺れている人がなんとか岸辺に辿り着こうとするかのように、エルゼは出入り口を目指す。

なんて乱暴な、と後ろ指を指され、あれはアンリエッタ姫だ、と誰かが言っていてもどうでもよかった。ウサイから逃げることしか考えていなかったのだ。

会場を出ても安心できない。令嬢たちを言い包（いくる）めたのか、ウサイが出入り口に近づいてきている。振り返らなくても、金色の長い髪が目の端にチラつく。

「追いかけてくる」

走り出すと、靴音が大きく響く。

「逃げても気づかれてしまうわ」

急いで靴を脱いで裸足になる。右手で靴を拾い、足に纏わりつくドレスの裾を左手でむんずと摑んでたくし上げたエルゼは、裸足で再び走り出す。

ドレスが重くて走りにくい。だが、ここで足を止めるわけにはいかない。

自分の息遣いがハアハアと大きくて、ウサイに届いてしまうのではないかと怖い。

エルゼは死に物狂いで廊下を駆け、一番近い使用人通路の扉を開けると飛び込んだ。


「もうお戻りになられたのですか？」

思いのほか早く帰ってきたエルゼに、出迎えたミラは驚いた。

「ちょっと気分がすぐれなくて」

「大変！　お顔が赤いです。お熱があるのでは」

「走って戻ってきたから」

「お医者を呼びます」

あたふたするミラを引き止める。

「大丈夫よ。走れるくらい元気だし熱もないし、人酔いして疲れただけなの」

エルゼは使用人通路に入っても駆けに駆けた。北の棟の自室まで戻ってきた時には息も絶え絶えで、床にへたり込みそうだった。部屋の前で息を整え、手袋で顔に浮いた汗を拭いてから部屋の扉を開けたのだ。

喉がカラカラに渇いている。エルゼは水差しからグラスに水を注いで一息に飲み干すと、ほうっと吐息をついた。

「少しは踊られたのですか？」

パートナーが来なかったとは言えない。

「踊らないまま帰ってきたわ」

「まぁ、せっかくの舞踏会でしたのに」

舞踏会の話が聞けないから、ミラは残念そうだ。

ドレスを脱ぎ捨てていつもの身軽な格好になると、エルゼはやっと本来の自分に戻った気がした。ソファーに座るとどっと疲れが出て、溜息をついてしまう。

「また次の機会がございますよ、エルゼ様。マルガリテ様の誕生日までは、催し物が目白押しですから」

エルゼの表情が冴えないのを、ミラは踊れなかったからだと勘違いしたようだ。

そのほうがいいわ。余計に心配かけてしまうもの。

体調を気遣いながら髪をほどいているミラに申し訳なく思う。

「ごめんなさいね、ミラ。せっかくきれいに結ってくれたのに」

「お気になさらないでください。いつでも結って差し上げます。温かい飲み物でもお持ちしますか？」

「お水があるからいいわ。ありがとう」

ドレスや髪飾りを片づけたミラが平たい箱を持って戻ってきた。

「侍女頭様からの届けものです」

蓋を開けると、中には白い薄絹が入っていて、底の方に若草色の生地もある。

「ああ、ソアラとエリアのショール生地ね。刺繍をする約束なのよ」

「まぁ、またですか。双子姫様はエルゼ様をなんだと思っていらっしゃるのでしょう」

ミラは眉根を寄せる。

「いいのよ。二人から頼まれて請け負ったの。時間ができたことだし、刺繍の図案を考えるわ。ミラはもう休みなさい」

納得していないようだったが、おやすみなさいませ、とミラは挨拶して部屋を辞した。あまり根を詰めないよう念を押して。

「ミラったら、マルガお姉様みたい……」

呟くと、微笑んでいた口元が次第に戦慄いてくる。エルゼは唇を嚙みしめた。

舞踏会であった様々な出来事が、次々に蘇ってくる。

「バカだったわ。無理して舞踏会に行ったって、楽しいことなんてないのに」

出席しなければ、リザンドラの嘲りも、マルガリテの冷たい態度も、ブレンダにヘアピンを同情されることもなかったのだ。

わかっていたはずなのに、夢見てしまった。

すてきな貴公子と踊る自分の姿を。

「ジョー様がエスコートするなんて言わなければよかったのよ」

だから期待してしまったのだ。

「来てくれるって約束して、口づけたのに。結婚の約束だって…」

妻になるかもしれない私を待たせるなんて、とひとりで照れていた自分はなんてバカだったのだろう。

「初めから来る気なんてなかったんだわ。もう絶対に信じない」

口ではそう言っても、もしかしたら何かよんどころない事情があったのでは、と庇う自分がいる。

思いが交互に傾き、悶々とする。

目を瞑っても、濃青色の瞳が自分を見つめているように感じてしまう。頭を振り、ジョーの面影を捨て去ろうとするけれど、消えてくれない。

エルゼはソファーから立ち上がった。夜風に吹かれようとランタンを手に部屋を出る。

エルゼの足はジョーと約束を交わした場所、奥庭に向かっていた。


悲しかったり悔しかったりして眠れないと、ミラに内緒で奥庭に行く。ひとりベンチに座って夜空を眺めていると、悩んでいることがちっぽけに思えて、くさくさした気持ちがすっきりするのだ。

ベンチに小さな明かりが揺らめいているのが見えて、エルゼは足を止めた。

明かりに浮かび上がった人影をジョーではないかと思い、そんなはずはないと頭を振る。

「まさかウサイ王子じゃ……」

身体が硬直する。こんな場所で襲われたら終わりだ。

しかし、ウサイは奥庭に来るだろうか。エルゼはこれまで結構な頻度で奥庭に来ているが、ウサイが来たことは一度もない。人と出会ったのは、王宮をうろついているジョーは別にして、先日のアランくらいだ。

「ウサイ王子は舞踏会が大好きですもの。今頃は夢中になって踊っているわ」

では、誰なのか。

改めて人影を凝視すると、線の細い影は見覚えのあるものだった。

「もしかして…」

ランタンを掲げて近づくと、人影が立ち上がった。

「誰だ」

誰何（すいか）する声は…。

「ああ、やっぱり。アラン様、私です。エルゼです」

互いの顔がなんとか見える位置まで近づくと、雅やかな装いのアランは驚いた顔をした。

「君か。こんな時間にいったいどうしたんだい？　何か忘れ物でもした？」

「眠れないと、時々ここに来るのです。アラン様こそどうなさったのですか？」

二人は並んでベンチに腰掛けた。

「ブレンダ姫主催の舞踏会が開かれているんだ。兄上に出席するよう言われたんだけど、出たくなくてね。舞踏会が大嫌いな兄上が、自分も行くから一緒に来いとまで言い出したから、クローゼットに閉（と）じ籠（こ）めた」

「えっ！」

クローゼットの奥の高い場所に置いたものを取ってくれるよう兄に頼み、中に入って探しているところを閉じ込めたのだという。

アランがそんな大胆なことをするとは思わなかった。

「鍵だけでは心許ないから、テーブルや椅子や、動かせるものを扉の前に積んできたけど、兄上はバカ力だから、今頃はどうなっているかな」

鍵の修理代金をゴルダドに払わないとね、と肩を竦めるアランに、エルゼは噴き出してしまった。

「すみません、笑ってしまって。ジョー・ネルソン様が兄上様を救い出していらっしゃるのでは？」

それで来られなかったのかも。

「ジョー？　いや、ジョーは…、えーっと、たしか、どこかに行っていたんじゃないかなぁ。姿を見かけなかったから」

「…そうですか」

「ジョーがどうかしたの？」

「いいえ。あの、閉じ籠めたりして兄上様に叱られませんか？」

「すでに怒っていたよ。開けろと怒鳴りながら、クローゼットの扉に体当たりしていたからね。帰ったら大目玉だろうなぁ」

頭が痛いよ、とアランは顔をしかめる。

「舞踏会、お嫌いですか？」

「嫌いじゃないよ。これでもダンスは結構上手なんだ。ゴルダドに婿入りする気がないのに出てもね。賭けに名前が出てしまうかな」

王宮の使用人の間で、誰が婿になるか密かに賭けが行われていて、かなり盛り上がっているのだ。

「一番人気はウットランドのシルバー王子らしいよ。二番手はペルペのマイヤー王子だったかな」

舞踏会で貴公子が噂していた方だわ。

「二人ともハンサムらしいよ」

「アラン様もステキですよ」

「ありがとう」

「一度だけでもお顔を出されてはいかがですか。マルガ…リテ様は美しい方ですよ」

「……知っているよ」

アランは何かを思い出すように、空を見上げた。空にはたくさんの星が瞬いている。

「スペラニアは海運業が盛んなことは知っているかい？」

空を見たままアランが問う。エルゼはハイと頷いた。

スペラニアは海に面した細長い国土で、ゴルダドのように広い農地はなく、国全体が港のようなのだとアランは話す。

沿岸には巨大な帆船から小船まで、大小様々な船が係留され、近隣諸国間はもちろん、遠く海を渡って他大陸までの航路も開いている。多くの物資や人を船で運び、異国から珍しい品物を買いつけては戻ってくるので、港町は異国情緒に溢れているという。

ゴルダドにもスペラニアからたくさんの物資がやってくる。特に、料理に欠かせないスパイスはスペラニア頼みだ。国王は異国の調度品を好んでいて、小宮殿のひとつは異国館のようになっている。

「兄上は甲板磨きから始めて、今では遠方へ何ヶ月もかけて旅する船の船長として、気性の荒い船員を率いている。荷物の運搬だけでなくて、商人として品物の買いつけの目利きでもあるんだ」

「王太子様なのに」

「うん。歴代王族の中でも稀有な存在だ。王族は船に乗ると言っても、大抵は一週間程度の航海を仕切るくらいだからね」

ジョー様は王太子様と一緒に船に乗っているのかしら。もうっ、あんな方のことを思い出してどうするの！

「兄上は年に一、二度、土産を持って帰ってくる。ほとんど国にはいないけれど、父上も国民も、兄上が立派な王になるとわかっている。対して僕は、未だ航海を経験していない。内海を走る遊覧船に乗っただけで、気持ち悪くなって吐くという体たらくでね…」

アランは自嘲する。

アラン様は悔しいのね。恥じていらっしゃるみたい。

「何ヶ月ぶりに帰ってきた兄上から、お前にやって欲しいことがあると言われた時は、本当に嬉しかった。あれはダメだ、これもダメだとやりたいことを止められて、僕自身、何かすると周りに迷惑がかかるから何もしないでおこうと思うようになっていたから、自分も役に立てるのだと思って、なんでもやりますと二つ返事で了承したんだけど…」

「お見合いを勧められたのですね」

「婿に行ったらどうだと言われた。見合いしても婿になれるとは限らないのにね。他国と縁戚関係を築くのは王族の仕事なのもわかっている。船にも乗れない僕にできることは限られているから。でも…、兄上にそう言われた時、スペラニアに不要な人間だと言われた気がしたんだ」

ほんの少し語尾が震えた。空を見上げているアランは瞬きを繰り返している。

アラン様…。

エルゼは切なくなった。アランの気持ちがよくわかるからだ。

居場所がないと感じるのは辛いわ。

弟をかわいがり、病気や怪我をしないように心を配ってきたアランの兄が、婿に行けと言ったのは、ゴルダドなら病気になっても十分な治療が受けられるからだ。さらに、婿になっても国王に即位はしない。

政治にかかわらないから、国を治める重圧にひとりで耐えなくてもいいもの。身体の弱いアラン様にはもってこいの立場だと思ったんじゃないかしら。

「兄上様はアラン様を心から愛していらっしゃるのですね」

「うん、愛されていると思う。兄上は自分の懐に入れた人間をどんなことをしてでも守ろうとする方だから」

「どんなことをしてでも…」

主従は似るという。ジョーが王太子と同じようなことを言うのは、近臣だからなのだろう。

でも、私を守ってはくださらなかった。

湧いてくる悲しみを、エルゼは押し戻す。

「兄上は僕にスペラニアを継がせたかったんだと思う」

「どうしてですか？」

「兄上が庶子だからかもしれない」

「兄上様は庶子なのですか？」

「スペラニアは長子が跡継ぎと決まっている。庶子でも兄上は国王になる。立派な人だし、父上も母上も国民も国王にと望んでいる。でも、兄上には兄上の考えがあるんだろうね。危険な外洋航海に出てばかりいたのは、国を継ぐ気がなかったからだと思うんだ。だけど、僕がこんな身体だから…。兄上は我慢して冠をいただくのかと思うと申し訳なくて、僕は生まれてこなかったほうがよかったと…」

なんて悲しい言葉なの。

いないほうがよかった、生まれてこなければよかった。エルゼも思う時がある。

だが、こうしてアランの口から零れた言葉を聞いて、自分自身だけでなく、周りの人も傷つけるのだと知った。

「アラン様！　そんなことをおっしゃってはいけません。絶対にダメです！」

「兄上には言ってしまったけれど、今は思っていないよ」

「兄上様はなんと」

「今のエルゼみたいな悲しそうな顔になって、何も言わずに拳骨で僕の頭を叩いた」

エルゼは目をまん丸くして驚いた。

「びっくりするよね。ものすごく痛かった。兄上にも同じような痛みを与えてしまったんだって、後悔したよ」

アラン様は優しくて強いお心を持っていらっしゃる。

シルバー王子やマイヤー王子がどんな人物か知らない。姉を幸せにしてくれるのなら、そして、姉がこの方ならと思う貴公子ならいいけれど、そうでないのなら、アランのような王子がマルガリテの婿になって支えてくれたら、と改めて思う。

でも、マルガお姉様はジョルダン様を忘れてはいない。

姉には幸せになって欲しい。できることならば、ジョルダン・ネルソンと結ばれて欲しいのだ。

ジョルダン様のことを聞かなきゃ。アラン様とお話できる機会は、これが最後かもしれないもの。ここに私がいるのは、そしてアラン様がいらっしゃっていたのは、天の配剤なのかもしれないわ。

ジョーは舞踏会に来なくてよかったのだ。舞踏会でジョーと踊っていたら、エルゼは今、奥庭にはいない。

もしアランがジョルダンを知っていたら、姉と会えるよう、アランに力を貸して欲しいと頼もう。

「アラン様、スペラニアではネルソンという家名の方は多いのですか？」

少し遠回しに聞いてみる。

「ネルソン？」

「ジョルダン・ネルソンという方の名を、王宮内のどこかで耳にしたものですから、ジョー様と同じネルソンというお名は多いのかと」

「ああ、スペラニアから一緒に来た家臣が話していたのかな。ジョルダンというのはジョーのことだよ。ジョーはジョルダンの愛称で、ジョルダン・ネルソンとジョー・ネルソンは同じ人物だ」

同一人物！

「……そう、なのですか」

呆然としながらエルゼはなんとか言葉を発した。アランがどうかしたのかというように窺っていたから。

「愛称なのですね。すみません、変なことをお聞きして。気になっていたものですから」

エルゼは動揺を押し隠し、月が出てきましたね、と話題を変えた。

「明るくなったね」

「はい。そろそろお戻りになったほうがよろしいのでは。兄上様が心配なさっているかもしれません」

「うん。話を聞いてくれてありがとう、エルゼ。ちょっと落ち込むことがあったけど、君に話して気持ちが楽になったよ。途中まで送っていこうか」

「いっ、いいえ、大丈夫です。ひとりで帰れます。月明かりがありますし、慣れた道ですから」

エルゼは両手を突き出して押し留める。

「そうか。じゃあ、気をつけて。また会えるといいね」

「はい。アラン様もお気をつけて」

エルゼはアランに膝を折って挨拶し、早く遠ざからなければと、背を向けて一目散に歩き出した。歩き出さなければ、その場に崩れ落ちてしまいそうだったのだ。

「ジョー様がマルガお姉様の文通相手…」

ジョーは何年にも亘(わた)ってマルガリテと文通し、アンリエッタ宛で手紙を送り続けてきた。エルゼがそのアンリエッタだと知ったのに、ジョーと名乗ってもバレないとでも思ったのだろうか。

「マルガお姉様がお好きなのに、どうして私に妻になれと言ったの？」

いつか自分をここから攫ってくれる方が現れる。

ジョーから妻になれと言われ、夢が叶うのではないかとエルゼは淡い期待を抱いた。甘い口づけに酔いしれ、身体を嬲られ、ジョーになら身をゆだねてもいいと思ったこともあった。

ジョーに惹(ひ)かれていた。

真夏の太陽のような男に、心を焦がされた。

だが、勇気づけるような優しい言葉をかけ、妻になれと嘯(うそぶ)いたジョーは、ただ、自分を弄んだだけだったのだ。

すべて嘘だった。だから舞踏会にも来なかった。

庶子を欲しいという人など、どこにもいないのだ。

「私…、ふ……、うぅ…、ふぇ、っうぅ……」

胸が張り裂けるほど悲しかった。

「生まれてこなければ……」

アランに諭すようなことを言ったのに、自ら悲しい言葉を呟いたエルゼは、手で口を押さえた。

俯いて闇雲に歩いていたエルゼは、降り注いでくる煌々(こうこう)とした明かりに顔を上げた。いつの間にか舞踏会の会場がある棟の外まで来ていたのだ。

エルゼは持っていたカンテラを消して、涙に濡れた瞳で会場を見上げた。

あの明かりの中で人々は踊り、語らい、時を忘れているのだろう。

少し前まであの中にいたのに…。

暗闇を這いずり回り、恨めしそうに明かりを見上げている今の自分が滑稽に思えた。

「あの世界は私がいる場所じゃない」

会場のバルコニーに人影が揺れた。踊り疲れた人が休んでいるのだろう。

背後から照らされていて顔が見えなかったが、ひとりが身体を動かした拍子にドレスが反射するように光った。涙を拭うとはっきり見えた。光沢のある真っ白なドレスとそれに縫いつけられた多数の真珠が明かりを反射するのが。その隣には、長身で大柄な男がいる。

「リザンドラお姉様と…っ」

ここからでは顔は見えないけれど、明かりに照らされた白っぽい金髪でわかった。

「ジョー様…、どうして……」

信じられないものを見たというように、エルゼは喘いだ。

待ち焦がれていたジョーがバルコニーの手すりにもたれて、リザンドラと一緒にいるのだ。

遅れて来たのだろうか。それにしては、バルコニーの二つの影は親しげだ。

「まさか…、二人は示し合わせていたの？」

めかし込み、貰ったヘアピンで前髪を上げ、来るはずのないパートナーを待つエルゼを、リザンドラは傍らで、ジョーはどこかで見て笑っていたのではないか。

疑い出すと、何もかもが怪しく思えてくる。

突然現れたジョーは、その後も、ふいにやってきてはエルゼを振り回した。男性から優しくされたことのないエルゼに甘い言葉や口づけを与えて惑わしたのではないか。

「そんなっ…、だって…」

ジョーはスペラニア王太子に仕えるジョルダン・ネルソンのはずだ。

アランは嘘をついたのか。

エルゼは自分の考えを否定するように頭を振る。アランは自分の弱さを素直に吐露できる人だ。

「アラン様は嘘をつくような方じゃないわ」

ジョーとリザンドラはどこで結びついたのか。

「ジョー様はマルガお姉様も謀(たばか)っていたの？　もしや、リザンドラお姉様まで？」

しかし、王太子の近臣がそんなことをするだろうか。

「わからない」

いろんなことがエルゼの身に降りかかり、わけがわからないまま濁流に飲み込まれてしまったように混乱する。

何が事実で何が嘘なのか。

考えを纏めようと足搔(あが)いても、バラバラになったパーツは上手く嚙み合わない。

バルコニーの二人の影がぴったりと寄り添った。

「あ……」

ぎゅうと胸が締めつけられ、エルゼはドレスの胸元を握りしめる。

母の形見のドレスを汚された時よりもエルゼの心は深く傷つき、バルコニーの二人を見つめ続けていた瞳を閉じると、涙が零れた。

「もう二度と、恋なんかしないわ」

寄り添う影を見上げていたエルゼは俯くと、身をひるがえしてその場から走り出した。

夜陰にエルゼの嘆きだけが残された。

一針一針、薄絹に色糸を乗せていくと、次第に薔薇の形になっていく。

エルゼは双子のショールに刺繍していた。

双子が着る若草色のドレスは少し地味な気もするけれど、ショールは白い薄絹なので、橙色（だいだいいろ）や黄色の斑（ふ）を入れた、淡いピンクの薔薇を散らすことにした。

大輪の薔薇もきれいだけれど、今しかない双子の初々しさを、蕾（つぼみ）と五分咲きや八分咲きの薔薇で表現する。

祝賀の日は近い。ショールは二枚あるのでかなり頑張らなければならない。

引き受けた時は気持ちが乗らなかったけれど、今は頼んでくれた双子に感謝している。

図案を考え始めるとのめり込み、色を決める頃には没頭していた。よせばいいのに、ひとつの花に四色以上の色糸を使うデザインだ。かなり手間だが、美しい斑入りの図案に、すごくいいかも、と自画自賛している。

今日も朝早くに起きて、針を刺している。もくもくと手を動かしていると、嫌なことも忘れて頭の中が空っぽになるのがいい。

「エルゼ様、リザンドラ様からの招待状がまた来ました。他にも一通」

「あら、いつの間に。紙の無駄遣いよねぇ。そこの箱に入れておいてちょうだい」

ミラとリザンドラの侍女との間には微妙な確執があって、いつもとげとげしい会話の応酬になる。扉前で揉めていただろうに、細かな花弁部分に差しかかって集中していたからか、エルゼは気がつかなかった。

「…はい」

躊躇いのあるミラの返事に顔を上げる。

「リザンドラ様へのお返事はよろしいのですか？　舞踏会は今晩では」

マルガリテの誕生日である祝賀の日が近づくにつれ、よく言えば盛り上げようとする、飲み食いして騒ぎたい貴族たちの催し物が目白押しになり、各所からエルゼに招待状が届けられるようになった。

ブレンダの舞踏会に顔を出してから、ゴルダドには四姫アンリエッタがいると思い出したのか、これまで見向きもしなかった貴族たちがこぞって招待状を送ってくるようになった。

『あのアンリエッタ姫がご出席、とでもつけようかしら』

『それはいいわ。でも、出席してくだされればね』

『出ていただくのよ。なんとしても引っ張り出すわ』

使用人通路を出ようとして、貴婦人のこんな会話を聞いた。エルゼは思っていた以上に珍獣扱いされているのだと知った。

招待状を送りつけられるのはいい迷惑だ。断りの返事を出すにしても小間使いはミラしかいないし、差し出し人の名を見ても、社交に疎いエルゼには誰かはわからない。

王宮外に住んでいる貴族の招待状まで届けられるようになり、誰に対しても平等に、一切返事は出さないでおこうと決めた。

ミラには内緒にしているが、エルゼは王妃からの招待も断っていた。届けに来た侍従はあり得ないという顔をしたが、たとえ国王からであっても行く気はなかった。

陛下が私をお呼びになることなんてないもの。

呼ばれたらいっそ、これまでに溜まった鬱憤を、一気にぶつけるのもいいかもしれない。

「気になることでもあるの？　あちらの侍女に嫌みを言われた？」

快い返事を返さないエルゼに、リザンドラは嫌がらせかというほど何通も招待状を送ってくる。

「嫌みには慣れていますから平気なのですが、このところリザンドラ様は不機嫌で、周りはピリピリしているみたいです。向こうの侍女が珍しく弱気になっていて、ぼやくのです。マルガリテ様は祝賀の日に結婚相手がお決まりになり、ブレンダ様はヘンリー様と婚約していらっしゃる。年功序列でいけば、次はうちのリザンドラ様だけど本命がいない、と」

リザンドラはたくさんの貴公子から求婚されているが、未だ決まった相手はいない。大勢の貴公子から好意を寄せられるのを楽しんでいるところもある。

「違う理由じゃないかしら」

私が舞踏会から早々に帰ってしまったから、虐め足りなくて不機嫌なだけよ。リザンドラお姉様にはジョー様がいるのだし。

鼻の奥がつんとしてくる。気持ちを切り替えるのは易しくない。エルゼはミラに顔を見られないよう、再び針を動かした。

「返事を持ってこないと当たられて辛いとあちらの侍女が零したので、ちょっとかわいそうになってしまって。あ、このことはリザンドラ様には内緒にしてください」

エルゼは声を上げて笑い、目頭を指先で押さえた。ジョーを思って滲んだ涙を、笑って出たように誤魔化す。

「言わないわ。ミラは優しいのね。でもねぇ、返事を持って帰っても断りの内容だから、不機嫌なのは変わらないでしょうし、結局当たられるのだから返事は出さないほうがいいと思うの」

「そうですね。これまで散々嫌がらせしてきて、今さらなんとかして欲しいだなんて、虫がよすぎますよね。ここはぴしっと撥ね退けます」

エルゼが舞踏会に出席してから、急に周りが騒がしくなった。招待状もそうだが、貴公子から手紙や贈り物が来るようになった。

初めて贈り物が届けられた時、エルゼ様を見初めた方がいらしたとミラは小躍りして喜んだ。しかし、エルゼは会ったこともない相手からの贈り物はいただけないと、受け取った贈り物を返すよう指示し、今後は断るようミラに言い含めた。

どなたかとお会いになってみてはいかがですか、とミラは言う。

何事にも初めてがあるように、会ってみないとわからないこともある。それはエルゼも理解しているが、ひとりに会えば他から不満が出て、結局全員に会わなければならなくなるから嫌なのだ。

貴公子たちは自分を見初めたのではないのだ。彼らも貴婦人たちと同じで、幻の珍獣に会ってみたいというのが本音だ。

部屋まで訪ねてきた貴公子もいて、無礼にも程がある、とミラは怒っていた。エルゼも部屋を知られていることに困惑し、自分が部屋にいても不在で通すようミラに頼んだ。

それに、エルゼは心に決めていた。

もう、恋はしないと。

バルコニーで寄り添うジョーとリザンドラを目撃した後、エルゼはふらふらしながら部屋へと戻った。

胸の中は悲しみと怒りで荒れ狂っていた。涙がとめどなく溢れてきて、ベッドに座ったまま泣き続けた。泣きながら着替えもせぬまま寝入ってしまったようで、翌朝は瞼が腫(は)れて酷い状態だった。

ミラは何かあったのだと察しているが、かいがいしく世話を焼くだけで何も聞いてはこない。気を遣わせているのを申し訳なく思う。

極力元気にしているけれど、夜になるとジョーを思い出して、悲しみが押し寄せてきてしまう。

噛み痕は消えても、エルゼの身体に刻み込まれた口づけや愛撫は、目に見えぬ傷痕となって残っている。癒えることのない膿んだ傷を抱え、エルゼは生きていかなければならない。

心と身体に刻み込まれたジョーへの思いは、この先もエルゼを苛み続けるだろう。

傷があろうがなかろうが、どうせこの王宮で朽ち果てていくのよ。

「これまでと変わらないわ」

「何かおっしゃいましたか？」

なんでもないわ、とエルゼは再び針を動かし、祝賀の日までの我慢よ、と自分に言い聞かせる。

その日が過ぎれば、王宮に詰めかけている貴公子たちも、領地や国に帰っていく。

ジョー様もスペラニアにお帰りになるわ。

「ミラ、どなたがお出でになっても、招待状を受け取らないでくれるかしら。全員お断りしていますと言えば諦めてくださるでしょう」

「そうします」

お任せください、とミラが胸を叩くのと計ったように扉を叩く音が重なって、二人は顔を見合わせて笑った。

「行ってまいります」

ミラは鼻息も荒く応対に出ていく。

「ご不在です。はい、そうでございます」

ミラの強気な声が聞こえてきて、エルゼは苦笑する。

「いらっしゃらないのです。申し訳ございません。失礼いたします」

「待て、どこに出かけたのだ」

相手の声が聞こえたエルゼは心臓が止まるかと思った。

ジョー様！

立ち上がりそうになって、椅子の肘掛けを握りしめる。いないことになっているのだ。音を立てては気づかれてしまう。

「どちらか存じ上げません」

「おいおい、主の行き先を知らんのは、小間使いとしてどうかと思うぞ」

片眉を上げてしゃべる顔が浮かぶ。

どうしてお出でになったの？

「はい。申し訳ございません」

からかうジョーに、ミラは慇懃無礼に対応している。

「それしか言えんのか」

眉間に皺を寄せているだろう。

「申し訳ございません」

「門番向きの小間使いだな」

にやりと笑っているはずだ。

声だけで、ジョーの表情がありありと浮かんできてしまう。

早く帰って！

「門番、でございますか？」

「いつ戻るか聞いてもわからんというのだろうな。ならば、エルゼが戻ったら、ジョー・ネルソンが来たと伝えてくれ。それから、奥庭と」

「奥庭と、でございますね」

「と、はいらん」

扉が閉まっても、エルゼは動けずにいた。肩に力が入っていて、肘掛けを握りしめていた手が痺れている。ジョーの声が耳に残っていて、胸の奥がざわついていた。

「エルゼ様、お帰りになられました」

声をかけられて身体の力が抜け、エルゼは息を吐いた。

「聞こえていたわ」

「奥庭とは、あの奥庭でしょうか？」

私にはわからないわ、と嘯く。

奥庭で待っているというのね。行くもんですか。

「あの方がお出でになったのは二度目です」

「え？」

「印象深い方なので、間違いありません。舞踏会の翌々日にも訪ねてみえられました」

顔を出さなかった言い訳をしに来たのだろう。

「その時、何かおっしゃっていた？」

「特には。あの日エルゼ様は双子姫様の刺繍の件で、仕立て部屋へお出かけになっていらっしゃいました。ネルソン様が主はおられるかとお聞きになったので、ご不在だとお伝えすると、わかったとだけおっしゃって、お名前もご用件も…」

「何もおっしゃらなかったのね」

どうせまた、私を騙そうとしているに決まっているわ。

「ご存じの方ですか？　そういえばエルゼと…、あっ！　呼び捨てにしていました。なんて無礼な！」

「忘れなさいな。私はお会いする気はないし」

「ですけど…」

ドンドンドンと扉が乱打され、エルゼとミラは息を飲んだ。

「居留守に気づいたネルソン様が戻ってこられたのでしょうか」

「ミラ、絶対に開けないで」

「はい」

二人で息を潜めていると、

「ちょっと、開けなさいよ、アンリエッタ。いるんでしょ！　ほら、もっと強く叩きなさい」

リザンドラが表で叫んでいる。とうとう本人が出張ってきたようだ。

エルゼとミラは顔を見合わせた。

壊しそうな勢いで扉を叩いているのは侍女だろうか。このままでは何事だと人が集まってきそうだ。

失恋の痛手を癒す暇もない。

「居留守を使いますか？」

「いいわ、私が出るから」

エルゼは渋々扉を開けると、侍女を引きつれたリザンドラが不機嫌な顔で立っていた。普段着のままなので、舞踏会の準備はこれからするのだろう。

「いつまで待たせるの。さっさと開けなさい」

「扉が壊れます」

「扉なんてどうでもいいわ。舞踏会の返事は？　当然来るんでしょうね」

そんなに嫌がらせしたいのかしら。わざわざお出でになってまで？

「招待状を何通もいただきましたが、すでにお断りしています」

「どうして来ないのよ」

リザンドラは焦りの表情を浮かべる。

「出たくないのです」

「ダメよ。困るのよ。あなたが来ないとウサイ王子が…っ」

「ウサイ王子が何かおっしゃったのですか？」

気まずそうにリザンドラが視線を逸らす。そんなリザンドラを見たのは初めてで、逆に心配になってくる。

「とにかく来なさい。来るだけでいいから」

私を連れてこいと言われたのかしら。

しかし、そんな些細なことで、この姉が自ら足を運ぶのは納得できない。何しろ、自分を中心に世界は回っていると思っているような人なのだ。

ウサイ王子に弱みでも握られているのかしら。

昔からつるんでいるので、他人には言えないようなことを知られているのではないか。

「ウサイ王子に脅されたのですか？」

「なんですって？」

「弱みを握られている、とか」

「なんてこと言うのよ。脅すとか弱みだとか、そんな方じゃないわ。ウサイ王子は立派な方よ。社交会の中心で、人気があって、すてきな方で、ウサイ王子は…」

リザンドラお姉様が、もじもじなさってる。これって…。

まるで恋する乙女だ。

ウサイ王子に？　意地悪で我儘で前髪はぱっつんの、あのウサイ王子よ。どこがいいの。蓼食う虫も好き好きとは言うけれど、いくらなんでも趣味が悪すぎる。

それじゃあ、ジョー様とは火遊びだったの？

バルコニーで寄り添う二人の姿は、エルゼの目に焼きついている。

「アンリエッタ、お願い、舞踏会に来てちょうだい」

お…、お願い？

耳を疑った。

ミラは目をまん丸くしているし、リザンドラの侍女たちも同じ顔を並べている。

「そうおっしゃられても…」

返答に困っていると、ミラが小声で囁いた。

「エルゼ様、ブレンダ様です」

「えっ？」

ミラの視線の先には、ブレンダとヘンリーの姿があった。供も連れず、二人でこちらに向かってやってくる。

「大勢いると思ったら、リザンドラか。私もアンリエッタに用があるのだ。ちと確かめたいことがあって、ヘンリー殿とまいったのだが…」

「ブレンダお姉様、わざわざお越しになってのご用とは」

内々に話したいとブレンダは言う。

「その…、ただ今取り込んでおりまして」

「そのようだな」

帰る気はなさそうだ。

「ブレンダお姉様、私のほうが先よ」

口を挟むリザンドラに、ブレンダは頷く。

「わかっている」

気長に待つらしい。

「アンリエッタ、来てくれるんでしょ！」

「リザンドラお姉様、私は舞踏会には――」

「あっ、今度は侍従長様が！」

「うそっ！」

千客万来だ。人が増えるたび面倒事が増えていく。侍従長はどんな話をしに来たのか。叱られるようなことしたかしら。

思いつくのは使用人通路を裸足で駆け抜けたことぐらいだ。

「これはどういったお集まりですかな」

怪訝な顔で聞かれても、エルゼには答えようがない。

「侍従長はどのようなご用件でしょうか」

先にこっちを片づけようと問いかけると、侍従長はすっと封筒を差し出す。招待状のようだ。

「明後日、王妃様主催の晩餐会が催されます。アンリエッタ様にも出席するようにと、王妃様からのお言葉です」

「晩餐会は先日お断りしました」

「侍従から聞きました。しかし、恐れ多いと遠慮なさることはございません」

「遠慮しているのではなくて、出たくないのです」

「なんですと！」

侍従長は目を剝いた。

「アンリエッタ様、王妃様の晩餐会ですぞ」

「私が出ても出なくても、何も変わらないのではないでしょうか」

いてもいなくてもいい存在の自分を引っ張り出して、何が楽しいのか。

「晩餐会には、ゴルダドにお集まりくださった貴公子方が列席されます。それに欠席なさるのは、王妃様のご体面を――」

くどくどと長い説教が始まった。途中で遮るとさらに長くなるので、とりあえず終わるまで待つしかないとエルゼは諦める。だが、我慢できない人がいた。

「侍従長、話はまだ続くのか」

「ブレンダ様、これは重要なことなのですぞ」

「出たくないのなら出なくてもいいのではないか」

「何をおっしゃいます。国を挙げての祝賀の…」

「もう、そんなことより、私の舞踏会のほうが大事よ」

「リザンドラ様、そんなこととは、なんたるおっしゃりよう」

三人はエルゼそっちのけで揉め出した。

エルゼはうんざりしながら成り行きを見守っていたが、口が達者な者が言い争う三つ巴(みどもえ)の舌戦は勢いを増すばかりで、収まりそうもない。

どうして私はここに立っていなければならないのかと、次第に腹が立ってくる。

唯々諾々(いいだくだく)と頷いてきた。事を荒立てず、自分が我慢すればいいと思ってきた。

だが、恋を失った。

切なくて苦しくて、ジョーのことを忘れたくて、ひとり心静かに過ごしたい。

なのに、どうして邪魔するの。私だってやりたいことがあるのよ。頼まれた刺繍だってしなきゃいけないし、間に合わなかったらどうしてくれるのよ。

「もういい加減にしてください！」

三人は驚いた顔でエルゼを見た。控えめで声を荒らげたことなどなかったからだ。

いつもならここで謝罪するエルゼも、今日は押さえが利かなかった。

「私の都合なんて二の次で、誰もかれも自分勝手なんだから！　侍従長、アンリエッタは出席を見合わせますと王妃様にお伝えください」

「アンリエッタ様、それは…」

「リザンドラお姉様の舞踏会にも出席しません」

「そんなこと言わないで」

「ウサイ王子のことはご自分でなんとかなさってください。ブレンダお姉様もヘンリー様も、今日はお引き取りを」

侍従長とリザンドラはまだ何か言いかけたが、エルゼは勢いよく扉を閉めた。

「言っちゃった」

勢いでとんでもないことをしでかしてしまったと思う反面、こんなに簡単なことだったのか、とも思う。

「ご立派でした」

ミラは感激した様子で涙ぐんでいる。

「ミラだけよ、そんなこと言ってくれるの」

「でしたら、何度でも言います。ご立派でした。堂々としたお振る舞いでした」

「私、堂々としていた？」

「はい！」

できたんたわ。ジョー様がおっしゃったように。

そう考えて、エルゼは自嘲する。

ジョーを思うと切なくなるけれど、ジョーに出会って、俯いてばかりいた自分が少しだけ変わったのかもしれない。

あの方を忘れることなんてできない。

無理に記憶から消し去ることを諦めたら、心が軽くなった。

エルゼは椅子に座って刺繍を再開する。針を動かすうち刺繍に没頭し、頭の中が空っぽになった。

祝賀が三日後に迫り、ショールは完成した。

自分でも満足いく出来だった。火熨斗を当てて仕上げをしたショールを箱に収め、朝一番でミラに届けてもらった。

首を長くして待っていたのだろう。双子は箱を開けて歓声を上げ、飛び跳ねてお喜びになられました、とミラから報告を受けている。

途中で妥協できない自分の性格を嘆きつつ、寝る間も惜しんで頑張ったかいがあったと思う。

「間に合ってよかった。ドレスに映えるよう、図案も色も考えたけど、ショールを羽織った二人を見られないのが残念だわ」

エルゼは祝賀を欠席すると決めていた。

「マルガお姉様の晴れ姿、見たかったなぁ。きっと美しいのでしょうね」

刺繍に励んでいる間、エルゼは考えていた。

ジョーを探し、マルガお姉様の婿になって欲しい、と伝えるべきではないか、と。

エルゼは恋を知ってわかったのだ。

簡単に諦められるものではないのだ、と。

「マルガお姉様は無理やり思いを封じ込めただけ」

幸いなことに姉は、ジョルダン・ネルソンが妹を誑かした男だと知らない。知らないほうがいいし、その事実を伝える必要もない。長きに亘って手紙のやり取りをしていたのだ。ジョーも姉が好きなはずだし、姉に対して誠実であればいいのだ。

けれど、エルゼはなかなか行動には移せなかった。

人を誑かすような男をマルガお姉様の婿になんてしてはいけないのでは、と心の中で言い訳して、ジョーに頼みに行かなかったのだ。

「私がジョー様への思いを捨てきれないから……」

ジョーがスペラニアに帰ってしまえば、ジョーへの恋心もいつしか思い出に変わっていくかもしれないが、ジョーと姉が結ばれれば、仲睦まじい二人を間近で見ることになる。

エルゼは耐えられないと思った。

料理人に貰った焼き菓子や、仕立て部屋のお針子が手伝ってくれた美しいステッチの入ったハンカチを、リザンドラやウサイに横取りされてエルゼは悲しい思いをしてきた。

奪われても、奪ってはいけない。

ジョーは最初から姉の大切な人だったのだ、と自分に言い聞かせる。けれど、白い糸に染料が染み込んでいくように、心はいとも簡単に嫉妬に浸食されていく。

こんなに黒く染まった心を持つ自分は、姉の祝いの場には出席できない。

エルゼは祝賀の出席を見合わせる旨と謝罪を認めた手紙を王妃へ送り、手紙を読んだ王妃から再三呼び出しがあっても、罰を受ける覚悟で断り続けた。

エルゼなりに考えて出した答えであり、同じ人を好きになってしまった姉への詫びの形だった。

祝賀まであと三日。

このままでいいのかという思いがますます強くなってきた。自分の恋は終わったけれど、姉の恋を潰す権利はないのだ。

叶わぬ夢ね、と悲しげに微笑んだ姉を助けたいと思った十一歳のあの日の衝動が、エルゼを突き動かす。

誕生日の当日まで相手の名は発表されない。まだ時間は残っている。

「今なら間に合うわ」

エルゼはジョーを探しに自室を飛び出した。

廊下の窓から中庭を見下ろすと、祝賀の日に向けて、王宮内は各所で飾りつけが終わっていた。

「見違えるようだわ」

目に飛び込んできた鮮やかな色の飾りつけに目をしばたたかせると、エルゼは自分の時間が動き出したような錯覚を覚えた。

「部屋から出るのは何日振りかしら」

使用人たちは準備に追い込みをかけているようだ。足早に歩いている姿が方々で見える。ガラガラと馬車の走る音が遠くから聞こえてくる。これから当日まで、さらに多くの人が王宮に集まってくる。ここからでは外苑の外は遠すぎて見えないけれど、気の早い民も詰めかけているに違いない。

エルゼは窓から離れて廊下を足早に進んだ。

「早く探さなきゃ」

しかし、ジョーはどこにいるのかわからない。探す当てもない。

「どこを探せば…」

浮かんだのは奥庭だった。待っていると仄めかしていたから、ジョーは奥庭にいるのではないか。

外苑への下り階段に向かうと、エルゼを遮るようにふらりと人影が現れた。

エルゼは息を飲んだ。

「やっと出てきたな」

「……ジョー様」

エルゼが出てくるのを待っていたようだ。

口をへの字にして不満を現す表情をしていたが、一転、嬉しそうに微笑んだ。

ジョーの顔を見ただけで胸の奥がざわつき、濃青色の瞳を細めて笑う顔が、懐かしく思えてしまう。

エルゼは動揺を押し隠した。

「何度訪ねても小間使いに門前払いされるし、奥庭には来ないし、気の長い俺も、いい加減そなたの部屋の扉を蹴破ろうかと思っていたところだ」

悪びれもせず私の前に顔を出すのね。

「怒っているのだろう。約束したのに舞踏会をすっぽかしてしまったからな。すまん。いろいろとわけがあるのだ」

「いいのです」

「やっぱり怒っているな。言い訳になるが、実はあの日は――」

「本当にもういいのです。終わったことですから」

言い訳なんか聞きたくない。

「悪かった。詫びをしたい。なんでもいい、言ってくれ」

「なんでも？」

エルゼはジョーを見上げた。

「そうだ」

「私がお願いすることを、なんでも聞いてくださるのですか？」

「俺にできることならなんでも叶えよう」

「でしたら、お願いがあります。ジョー様にしかできないことが」

それはなんだ、とジョーは身を乗り出した。

エルゼは少し躊躇ってから言った。

「……マルガお姉様の婿になってください」

ジョーはぽかんとした顔になり、すぐ笑い出した。

「意趣返しをしたいからといって、それはあまりに趣味が悪い冗談だぞ、アンリエッタ」

ここにきて、まだそんな戯言をおっしゃるのね。

抱き寄せようとするジョーの手をエルゼは叩く。

「笑って誤魔化すなんてあんまりです」

私がどんな思いで言っていると思っているの！

泣きそうになって睨みつけると、ジョーは真顔になった。

「本気なのか？」

「はい」

「どうして俺がそなたの姉と結婚しなければならんのだ。俺はそなたを妻にと望んでいるのだぞ。そなたも頷いたではないか。妻になると、俺と一緒に来ると」

妻という言葉に心を揺さぶられる自分が情けない。

しっかりするのよ、エルゼ！

「私は、妻になるとお約束しましたか？」

「いや、だが…」

「ジョー様は今、私がお願いすることをなんでも聞いてくださるとお約束なさいました。嘘だったのですね」

「嘘ではない。本気だ。本気でそなたの望みを叶えたいと思って言った」

両腕を広げてジョーは力説すると、エルゼの両肩に手を置いて、射抜くように真っ直ぐ見つめてきた。

摑まれた肩が痛い。ジョーの熱が肩からエルゼの全身に広がっていく。

……好き。

ほんの数回会っただけの、ちょっぴり粗野で強引で、破廉恥で、魅力的なこの男を、エルゼはいつの間にか愛していた。

騙されても、裏切られても。

今言ったことは冗談だと言えたなら、このままジョーの腕に抱かれ、とろけるような甘い口づけや、身体中に熱を孕む淫らな愛撫に溺れられたら、どんなに幸せだろう。

ジョー様がマルガお姉様の伴侶になっても、私を望むのなら…。

エルゼは姉を裏切ろうとした自分の考えに恐ろしくなり、くっと歯を食いしばる。

「アンリエッタ、何か言ってくれ」

「マルガお姉様にお会いになってください。きっと喜ばれます」

ジョーは怪訝な顔をした。

「それがそなたの願いなら、マルガリテ姫と…」

考え込むように睫毛を伏せる。濃青色の瞳が陰った。

結婚する、というジョーの言葉に身構える。

「会うのは構わん。だが、マルガリテ姫が俺と会って喜ぶのはどうしてだ。俺はそなたの姉とは一面識もない」

「会ったことはなくても、手紙が…」

「手紙のやり取りなど、したことはないぞ」

エルゼは肩に置かれたジョーの手を振り払った。

「何年もの間、何十通とやり取りなさっていたではありませんか！」

姉はジョルダンからの手紙を、いつ来るかいつ来るかと首を長くして待っていた。手紙が来たら、数日内には返事を認め、エルゼに渡していたのだ。

「俺が？　自慢することではないが、俺は手紙を書くのが嫌いだ。小さい頃、一通書くのに書き損じて何十枚も紙を使い、口うるさい侍従に怒られたのが始まりだが、この齢になっても、もっと丁寧な字で書きなさいと文句を言われるから、手紙は好かん」

エルゼは激しく頭を振った。

「どうしてそんな嘘をつくのですか！　マルガお姉様はジョー様の手紙を心待ちにしていらっしゃったのよ」

「アンリエッタ、そなたは誰かと勘違いしているのではないか？」

「ジョー・ネルソン様。いいえ、スペラニアのジョルダン・ネルソン様。あなたです。間違いありません」

「確かに、俺はジョー・ネルソンと名乗っ――」

「嘘や言い訳はもうたくさん！　これ以上は聞きたくない！」

泣きながらエルゼが叫ぶと、ジョーは口を噤んだ。

「約束しました。あなたは自分ができることはなんでもするとおっしゃった。必ず守ってください。私の願いは、ジョー様がマルガお姉様と結婚してくださることです！　マルガお姉様を大事にしてください。さようなら！」


「エルゼ様、起きていらっしゃいますか？」

「う、え、ええ…」

掠れた声が出た。

き上げた。

「大丈夫ですか？」

ミラはカーテンを少し開けながら、ベッドのエルゼを心配そうに振り返った。

「大丈夫よ。身体の具合が悪いわけじゃないの」

カーテンを開けてくれるようにミラに頼むと、エルゼはもぞもぞと起き上がって前髪をかき上げた。

大声で泣き続けると、頭が痛くなるのね。

ジョーにさようならと告げたエルゼは、自室へ駆け戻ると声を上げて泣いた。ミラは何事かと驚いたが、傍で背中を擦ってくれた。エルゼが少し落ち着いたところで、ベッドへと誘い、横になったエルゼは眠ってしまったのだ。

今も気になっているのだろう、心配そうな顔で見ているが、泣いた理由を聞かないでいてくれる。

「まだしばらくお休みになられますか」

「そうねぇ…、特にすることもないし」

「昨日までは大変でしたから、ゆっくりなさってはいかがでしょう。刺繍に根を詰めすぎてお疲れになられたのです」

エルゼの背中にクッションをあてがいながらミラが言った。

「でも、二人は喜んでくれたのでしょ？」

「それはもう。……エルゼ様、祝賀にはやはり出席なさらないのですか？」

「王妃様にお断りの手紙を出したわ」

再三の呼び出しにも応じなかったのですもの。怒っていらっしゃるでしょうね。

「そうですか」

ミラがしょんぼりするのは、あれやこれやと準備をしていたからだ。

国を挙げての祝賀となれば、装いも一段と気合を入れなければならない。王族となれば決まりごともある。ミラは半年以上前から空いた時間を見つけては、セレや古参の侍女に話を聞きに行っていたのだ。

「いろいろ準備してくれていたのに、ごめんなさいね」

「いいんです。侍女頭様には頑張っていると褒めていただきましたし、得た知識は無駄にはなりませんから」

ミラの前向きさを、エルゼは見習いたいと思う。

「お食事をお持ちしましょうか。お昼を抜いてしまわれたので、お腹が空いていらっしゃるのではないですか？」

「あまり食べたくないの」

「でしたら、お茶をお持ちします」

ミラは寝室を出ていった。

双子のショールの刺繍を仕上げ、ジョーに会って、姉を幸せにして欲しいと頼むこともできた。

やるべきことをすべてやった気がする。

ジョー様にさよならも言えたわ。

後悔はないけれど、濃青色の瞳を思い出すと、あんなに泣いたのにまだ目頭が熱くなる。

「目玉が溶けてしまうぞ、ってジョー様は言っていたわね」

いっそ溶けてしまえばいいのに、と思う。

エルゼはクッションに身体を預け、目を閉じた。

窓から差し込む穏やかな日差しにうとうとしていると、ミラが寝室に戻ってきた。目を開けると、青い顔をしたミラが立っている。

「どうしたの?」

「エルゼ様…、こ、国王陛下からのお召しがございました」

「陛下から」

「今しがた侍従長が見えられて、薔薇の間にお出でになるようにと」

「そう」

すぐにもお召し替えの準備をと慌てるミラに、エルゼはいつものドレスでいいわと言った。

「ですが」

「いいのよ」

祝賀に出ないことが国王の耳に入ったのだ。庶子とはいえ、王族が顔を揃えないのは外聞が悪いと思ったのだろう。

「とうとう陛下から直接お叱りを受けるのね」

国王から叱責を受けるのは、侍従長に叱られるのとはわけが違う。王宮から出ていけと言われるかもしれない。

「そのほうがいいわ」

マルガリテとジョーの並んだ姿を見なくて済む。素直に立ち去ろう。

「最後に陛下からお叱りを受けるのも、いい思い出になるわ」

髪を纏め直し、着替えを済ませたエルゼは部屋の扉を開けた。外には侍従長とセレが待っていた。

「アンリエッタ様、陛下の御前にそのようなお姿で…」

侍従長は渋い顔をし、セレはおろおろした。

「これが私なの。侍従長もセレも知っているでしょ？　取り繕っても仕方がないもの。それに、お待たせするわけにはいかないわ」

薔薇の間は謁見に使われる部屋のひとつで、儀礼的ではない、国王夫妻のプライベート的な対面の場に使われるさほど広くない部屋だ。

父の国王と顔を合わせたのは何年前のことだろうか。顔を合わせたというよりも、式典の際、王族の末端に並んで立っていただけで、近くにエルゼがいたことを国王が知っていたのかも怪しい。

国王の顔は、廊下に飾られた肖像画を時々目にするのでもちろん知っている。何かの折に遠くから姿を眺める機会もあるが、国王はエルゼの顔を知らないだろう。

すでに、両開きの扉が開かれ、左右に二名ずつ国王づきの近衛兵が立っている。

いよいよね。

ここに来る間、緊張のあまり逃げたくなるのではないかと思っていたが、エルゼは不思議なくらいに落ち着いていた。

『堂々としていればいい』

ええ、私は私ですもの。どんな格好をしていたって。

ジョーがくれた言葉はいつもエルゼの心にすとんと落ちて、エルゼを勇気づけてくれる。

ジョー様、あなたに出会えてよかった。本当よ。心から思っているの。

その思いを伝えられなかったことが残念だ。

エルゼは顔を上げて入り口の前に立つと、侍従長が中に入るように頷く。

「アンリエッタでございます。国王陛下のお召しにより参上いたしました」

エルゼは張りのある声で名乗り、薔薇の間に足を踏み入れると、奥の椅子に国王夫妻が並んで座っていた。

本来であれば、ご尊顔を拝して、という挨拶をエルゼが始めなければならないのだが、先に口火を切ったのは王妃だった。

「まぁ、アンリエッタ、その姿はいったいどうしたの」

王妃は驚いた顔をした。

「いくらでもドレスを仕立てていいとセレにも言ってあるのに。セレ、アンリエッタには仕立て屋もついているのでしょう？　専任の髪結いはどうしたの」

前髪が長くて顔も見えないわ、と王妃は嘆く。

エルゼの後ろから薔薇の間に入ったセレは、返答に困っているようだ。

ごめんなさい、セレ。

仕立て屋も髪結いもエルゼが断ってしまった。王妃の心遣いを無下にするようで、内緒にしてもらっていたのだ。

「どうしましょう。着替えている時間はないわ。そろそろお見えになるでしょうから」

誰か来るのかしら。

落ち着かない王妃とは対照的に、国王は椅子に座って身体を少し右に傾け、苦々しい表情でエルゼを見ていた。この場にいるのが不本意だと言いたげだ。

エルゼは頭を垂れて国王の言葉を待ったが、国王からの叱責は下りてこない。代わりに早足で歩く規則正しい靴音が、エルゼの背後から聞こえてきた。薔薇の間に来るようだ。

やってきた人物は、薔薇の間の入り口で止まることも口上を述べることもなく中に入ってくる。

「お待ちください」

慌てた侍従長の声に、ばたばたと衛兵が薔薇の間に駆け込んでくる。

何事かとエルゼが振り返ると、足音の人物はエルゼにぶつかるようにしてエルゼを抱き竦めた。

「きゃっ！　何っ…っ…、え？　ジョー様！　どうしてここにいらっしゃるの！」

「捕まえたぞ」

ジョーが覆いかぶさるようにエルゼのこめかみに口づける。

ガタンと大きな音がした。国王が大きく身じろぎして椅子を動かしたのだ。王妃はエルゼたちを見て目を丸くしている。

今度は別な足音が響いてきた。小走りで薔薇の間までやってきた足音は、ジョーとは違って入り口で行儀よく止まった。

「ゴルダド国王陛下、お目通りをお許し願います。アラン・レイズ・ドーナ・スペラニアンでございます」

「え？　アラン様？」

ジョーの腕の中でもがくように身体を捻ると、正装に身を固めたアランが立っていた。

「エルゼ？　どうして君が！」

ジョーの腕の中にいるエルゼを見て驚いたアランは、君がそうだったんだ、と呟き、エルゼたちの傍まで来るとジョーを睨んだ。

「ゴルダド国王陛下の御前で何をなさっているのです、兄上」

耳に飛び込んできた言葉に、エルゼは仰天した。

「兄上って、アラン様の兄上様？」

ジョーは人の悪そうな顔でにやりと笑う。

「俺の、いや、私の名は、トリスタン・リュカ・ドーナ・スペラニアンだ」

「スペラニアの王太子殿下」

へなへなと膝が砕けそうになる。

「おっと、大丈夫か」

ジョー、もといトリスタンに支えられ、エルゼはなんとか頷いたが、信じられない思いでいっぱいだ。

だって、王太子殿下なのよ。スペラニアの国王になられる方なのよ。

「そなたはアランを知っているのか？」

「は、はい」

「いつ会ったのだ。聞いておらんぞ」

「アラン様が内緒にと…、そんなことよりも、放してください」

小声で頼んで、慌ててトリスタンの身体を押しやるも、放すつもりはないと拒否される。

「手を緩めると、そなたはすぐに逃げてしまうからな。泣いても喚いても、一緒に連れていく。ゴルダド国王夫妻、お初にお目にかかる。トリスタン・リュカ・ドーナ・スペラニアンだ。アンリエッタを貰い受けるぞ」

トリスタンは大胆にも国王の前で宣言する。

「なんだこの茶番は。こんなものを見せるために余を呼びつけたのか」

国王は眉間に皺を寄せて腕組みした。

「礼儀として伝えておくべきだと思っただけだ。許可を求めているわけではない」

「スペラニアの王太子が来ているとは聞いておらんぞ。使者も立てずに無礼であろう」

「無礼は承知の上だ。私の顔は知られておらぬからな。弟の従者だと名乗って城門を通らせてもらった。いかに大国といえど、私が刺客だったら、今頃寝首を掻かれていたかもしれぬぞ」

鋭い指摘だったのだろう。国王は一瞬怯み、助言を求めるように隣の王妃に顔を向けた。

だが、王妃は何か考えているようで、難しい顔をして床を見つめている。

「ゴルダドの姫を妻に迎えたいと申したな、スペラニアの王太子。ならばその態度を改めるべきではないか」

トリスタンは鼻で笑った。

「ほう、ゴルダドの姫と申されたな。ということは、アンリエッタを一応は娘だと思っていたのか」

「無礼な、スペラニアの庶子め！」

国王は吐き捨てた。

なんてことを…。

エルゼは息を飲んで、両手で口元を押さえた。

トリスタンの態度も無礼ではあるが、国王の言ったことはその上を行く。

トリスタンはどこ吹く風といった顔だが、アランは険しい表情になっている。

そこへ参戦したのは王妃だ。

「陛下、トリスタン殿のおっしゃることもごもっとも。アンリエッタを娘と思っていらっしゃるのですか？」

「王妃、今はそのような話をしているのではない」

「いいえ、よい機会です。お聞かせください」

「そちはどちらの味方だ」

「私はアンリエッタの味方です」

国王は鼻白んだ。

「陛下、私は常々アンリエッタにお声をかけてくださるようお願いしてきました。けれど、陛下は会おうとすらなさらなかった。頑なに避けておいでだった。それはなぜです」

「このような場で話すことではなかろう」

「ここではっきり聞きとうございます」

「…正妻以外と子を生したことに、そちは怒っていたではないか」

「私の顔色を窺っていたというのですか？」

国王は気まずそうに横を向く。

「アンリエッタは庶子ではありません。私の娘なのですよ」

「だが、余の娘とは系図に記されておらん。他国ではどうか知らんが、ゴルダドでは庶子の処遇は決まっておる。会う必要などない」

エルゼは悲しくなった。わかっていたことだが、面と向かってこうもはっきり言われるとは思わなかった。

「他国では百人もの愛妾を持つ王もいるのです。そのようなことでいちいち目くじらを立てていては、王妃など務まりません」

「ならば、怒っていた理由はなんだ。そちは、私は陛下を生涯恨むと言っていたではないか」

「まっ、私の独り言をお聞きになったのですね」

王妃はころころ笑う。

国王は王妃の態度に安堵した顔になり、冗談だったのか、と笑った。

しかし……。

「いいえ、お怨み申し上げておりますとも。私のかわいいアリスを奪った陛下を」

王妃の冷ややかな声に国王は絶句した。

一触即発の状況に、衛兵たちは薔薇の間からそそくさと出ていく。侍従長とセレは成り行きに気を揉んでいる様子だ。

エルゼはトリスタンの腕の中で、息を詰めて国王と王妃の会話に集中した。

「気立てがよくて、今のアンリエッタにそっくりの、黒髪とすみれ色の瞳を持つ美しい娘だった。確かな仕立ての技術を持ち、他国から嫁いできて緊張の連続だった私の心を、美しいドレスや小物で癒してくれた」

ふっと王妃は遠い目をした。

「アリスを妻にと望む貴公子は多かったのです。その中から、確かな人物を選ぶつもりでいました。陛下がアリスに興味をお持ちなのも知っていましたが、ゴルダドには後宮は存在しない。陛下のお手がついてしまったら、私の元から去ってしまう。当時は気が気ではありませんでした。まさか…」

王妃の声が一段と低くなった。

「私が地方の視察に出向いている間を狙ってお手をつけるとは。こうなることを私が望んでいると、アリスにおっしゃいましたね」

国王の顔色は青くなっていた。

「狙ったわけではない。そちがおらぬ時を見計らって、あれが私を誘惑したのだ」

「嘘おっしゃい！」

薔薇の間に雷が落ちたようだった。

「アリスは、お傍に仕えることができなくなって申し訳ありませんと、床にひれ伏して泣いて詫びたのですよ！」

王妃の手がわなわなと震えている。

「亡くなったと聞いても、陛下は顔色ひとつ変えなかった」

「たかがお針子ではないか」

たかがお針子…。

国王の言葉に衝撃を受けてエルゼがふらつくと、トリスタンが強く抱きしめる。

「マルガリテの祝いも近づいているというのに、今頃そのようなことを言い出すな」

「今だからです。この時をどれほど待ったか、陛下にはおわかりにならないのですね」

王妃の言葉を聞いて、トリスタンが喉の奥で笑った。

お笑いになった。なぜ？

王妃の意味深な言葉の意味もわからない。

「マルガリテ姫が即位すれば、あの国王は用なしということだ」

小首を傾げたエルゼの耳元でトリスタンが囁いた。

「一生許すことはありません。生涯お怨み申し上げます！」

「余が気に入らぬなら、離縁してもいいのだぞ」

勝ち誇ったような国王に、侍従長は手で顔を覆った。

「お好きになさってください。議会が承認すれば従いましょう。お待たせしましたトリスタン殿」

王妃はドレスの裾をさばくと一歩下がった。

「ゴルダド王妃、もし離縁が決まったら我が国の参謀としてお迎えしよう。ご考慮あれ」

王妃はご冗談をと笑い、国王は苦虫を嚙み潰したような顔をした。

「冗談ではないのだが、さて、ゴルダド国王。しばし、スペラニアの庶子につき合っていただくとしようか」

笑みを浮かべたトリスタンは、これから獲物を屠ろうとする獣のようだった。

国王は視線を彷徨わせて周りに助けを求めたが、誰も味方になる者はいないとわかったのだろう、庶子同士で好きにするがよい、と捨て台詞を吐いて、薔薇の間から出ていってしまった。

「逃げたか。あれを支えてこられたゴルダド王妃の苦労が忍ばれる」

「トリスタン様、それは…、えっと…」

あまり役に立たないという意味ですか、とは口にできない。

「そなたが思っている通りだ。こちらの王妃は、先のゴルダド国王が三顧の礼を持って、息子の妻に迎えたそうだからな。気苦労の絶えない王妃を、そなたの母が支えたのだろうよ」

王妃と母は主従の関係で、専属のお針子として大切にしてくれていたとは聞いていたが、これほどまで深い繋がりがあるとは思わなかった。

お母様は王妃様のお話ばかりで、陛下のことを話してくださったことはなかったわ。

「アンリエッタ、いいえ、エルゼ。ごめんなさいね」

王妃はエルゼの前で国王の過去を暴いたことを謝罪した。国王がエルゼを娘と認め、幸せを喜ぶのなら、過去を許すつもりでいたのだという。

「アリスを守れなかった私を許してください」

王妃は今日まで悔いてきたのだ。

エルゼの前に来た王妃は、エルゼの前髪をかき上げ、すみれ色の瞳を露わにすると、自分の頭から一本抜き取ったピンで留めた。そして、少し悲しげで、何かを懐かしむような微笑みを浮かべた。

王妃様はお母様を思い出していらっしゃるのね。

「母を失ったあなたに申し訳なくて娘としたけれど、私はどう接すればいいのかわからなかった。あなたに寄り添い、抱きしめればよかったのに」

子を生し、政務に追われ、時間の余裕もなかったのだろう。

「もったいないお言葉です。私は娘にしてくださったことを感謝しています」

その気持ちに偽りはない。

「ああ、あなたは本当にアリスそっくりで、ねぇ、セレ」

セレは目頭を押さえて頷いている。

「王妃様、私は小さかったけれど覚えているのです。お母様は、母は、いつも王妃様に仕立てたドレスの話をしてくれたことを。王妃様が褒めてくださったことや、喜んでくださったことをたくさん聞かせてくれました。だから、私も縫物が好きです。侍従長やセレには叱られますけど……」

首を竦めると、王妃は微笑んだ。その目に涙が光った気がしたけれど、目を伏せて上げた時にはいつもの毅然とした王妃に戻っていた。

マルガお姉様と同じだわ。

「あなたは、あなたの思うままに生きなさい。私はいつでもあなたの味方です。忘れないで」

「はい、王妃様。…あの、私はなぜここに呼ばれたのでしょうか」

呼び出した当の国王はいなくなってしまった。

「アンリエッタ様、こちらのトリスタン様より、アンリエッタ様を妻に迎えたいとのお申し出が事の発端でございます」

さすがは侍従長と言うべきか、さっきまで動揺していた姿は微塵も感じさせず、淡々と説明する。こちらのトリスタン様と言った時は、眉がぴくぴくしていたけれど。

「申し出ではない。報告だ。ゴルダド国王は逃げてしまったのだ。許可を得たも同然だな」

トリスタンはしゃあしゃあと言って、エルゼの髪に口づけを落とす。

エルゼはトリスタンの腕をなんとか剥がして向き直った。

トリスタンはディープグレーで統一した正装に身を包んでいた。威厳と風格のある姿にときめく胸を、エルゼは両手でぐっと押す。

「トリスタン様、私とのお約束はどうなったのですか」

「あれは承服しかねる。俺が、いや私が、ああ、しち面倒くさい、俺が妻に望むのはそなただけだ。それに、俺は手紙など書かぬと言ったではないか。本当に知らぬのだ」

「ジョルダン・ネルソン様はいったいどなたなのです。私がお手紙を出していた方は…」

「そのお名は、スペラニアで侍従長をなさっていた方ではないでしょうか」

侍従長が答えをくれて、その言葉を受けたのはアランだった。

「その通りです。一昨年、後進に道を譲りましたが、未だ僕を心配し、傍に仕えてくれています」

トリスタンがしかめっ面で、ただの口うるさい爺だ、と呟く。

「マルガお姉様はスペラニアの侍従長と手紙のやり取りをしていたというのですか？」

「アンリエッタ姫、君の言うジョルダン・ネルソンは、僕だよ」

エルゼは驚いた。姉が好きな相手はトリスタンではなかったのだ。

「なぜそれを早く言わぬ。爺め、俺には一言も言わなかった」

トリスタンも知らなかったようで、苦虫を噛み潰したような顔をする。

「兄上、爺は悪くないのです。僕が内緒にして欲しいと頼んだのです」

マルガリテがアンリエッタの名を使ったように、アランは侍従長の名を借りて手紙のやり取りをしていたのだ。

「トリスタン様ではなかったのですね」

「俺は航海に出ていて、手紙のやり取りは無理なのだ」

「ごめんなさい。きちんとお話を聞いていれば…」

嘘つき呼ばわりしてしまった、とエルゼはしょんぼりする。

「そなたが混乱するのも無理はない。俺もアランも爺の名を使っていたのだから」

航海に出る時もジョー・ネルソンを名乗っているようだ。

「誤解させてごめんよ。君がマルガの『かわいいアンリエッタ』だったんだね」

「マルガお姉様が私のことをそんなふうに……」

「君の境遇を嘆いて、力になりたいとよく書いていたんだ」

やはり姉は優しい人だったのだ。エルゼは嬉しかった。そして、姉に幸せになってもらいたいと心から思う。

マルガお姉様は、アラン様が婿になるとおっしゃるのを待っているのではないかしら。

二人は互いに思いを寄せている。アランは自分に自信がないだけなのだ。

どうしたらアラン様のお気持ちを変えられるの？

何かいい方法はないかと考えていると、侍従長がエルゼの前に来て深々と頭を下げた。

「アンリエッタ様が頻繁に出しておられた手紙は、マルガリテ様の手紙でしたか。私は大変な誤解をしておりました。申し訳ございません」

「じっ、侍従長！」

エルゼは慌てた。ごめんなさいはいつもエルゼからだから。

「僕も謝るよ、アンリエッタ姫。僕が兄上を閉じ籠めたばっかりに、舞踏会で踊れなかったんだよね。ごめんよ」

まったくだ、とトリスタンは憤慨する。

「いいんです。あ、でも…」

エルゼは思いついた。約束を取りつけてしまえばいいのだと。

「本当に悪いと思っていらっしゃるのでしたら、ひとつお願いを聞いて欲しいです」

「もちろんだよ。僕にできることなら」

真摯に頷くアランを見て、トリスタンが面白そうな顔をした。エルゼがしようとしていることに気がついたのだ。

「どうかマルガお姉様の婿になってください」

アランは瞠目（どうもく）した。

「マルガお姉様はずっとずっと昔からアラン様がお好きなのです。アラン様が来るのをきっと待っていらっしゃるはずです。アラン様もマルガお姉様をお好きなのでしょう？　あのクッション、あんなに大切になさっているのですもの」

エルゼは必死に訴える。なんとしても、二人には幸せになって欲しかった。

「アラン殿、エルゼの願いを叶えてくださいませんか。マルガリテのために」

王妃が後押ししてくれる。

それでも戸惑っているアランの背中を、トリスタンがバンと大きな音を立てて叩いた。

「こうまで言われてまだ動かぬか」

「マルガは僕に一度も婿になって欲しいと書いてきたことがないのです。僕では務まらないから…です」

アランは濃青色の瞳を曇らせて、睫毛を伏せる。

「マルガリテ姫のせいにするな。身体が弱いと尻込みしているのはお前だ。よく聞け、アラン。身体より心が大事なのだぞ。お前の心は広くて優しい」

「軟弱だということですよね」

「そう思っているのはお前だけだ。周りに優しくできるのは心に余裕があるからだ。懐が深いのだ。お前の優しさは、誰にも負けないお前の強さでもあるのだぞ」

「優しさは強さ…」

その通りだとエルゼは思った。

「身体が弱いのがなんだ。ゴルダドに医者は腐るほどいる。そ奴らに山ほど仕事を与えてやれ。好きな女を他の男に奪われてもいいのか？」

アランの瞳が揺れる。

「愛する女を守るのがスペラニアの男だ。行け。行って思いを伝えてこい！」

アランは弾(はじ)かれたように駆け出した。振り向きもせず、一目散に駆けていく。

その後を、侍従長が追っていった。姉の部屋までは衛兵が何人もいる。アランが無事に辿り着けるよう、助けに行ってくれたのだ。

安堵の息をつき、よかった、とエルゼは呟いた。

「まったくだ。これで俺も肩の荷が下りて、憂いなくそなたを妻にできるというものだ」

エルゼはトリスタンを仰ぎ見た。

「私は…っ…」

トリスタンが好きだ。大好きだ。王太子の近臣ならば、すぐにでも彼の胸に飛び込めただろう。しかし…。

「王太子となると話は別、か」

「どうしてわかるの？」

「そなたのことはわかると言ったではないか。だいたい、悩む必要などないと、アランに言ったばかりではないか」

「う…」

アランの背中を突き飛ばしたくせに、自分のこととなると怖気づいて尻込みしてしまう。

王妃は穏やかな眼差しで、セレは両手を祈るように組んで、エルゼを見守っている。

「縫物も染め物も好きなだけすればいい。着飾るのが好きでないのなら小間使いのような姿でもいい。俺も堅苦しいのは苦手だからこんな形は滅多にせん。踵の高い靴が嫌いならば、裸足で走ってもいいのだ。前髪は、まぁできたら上げて欲しいが、嫌ならそのままでも構わん」

トリスタンがエルゼの手を取って指先に口づける。指先から身体中に熱が広がって、頬が上気する。与えられた愛撫の記憶が、エルゼの身体を駆け巡る。

私はこんなにもトリスタン様を求めている。

「悩んでも無駄だぞ。どうせ攫っていくのだ。それに、俺を愛しているのはわかっている」

トリスタンはウインクする。

「まあっ」

自信満々なんだから。

思い返せば、最初の出会いからそうだった。

ちょっぴり粗野で、強引で、破廉恥で、そして優しい。

ええ、あなたのおっしゃる通り。愛しているの。初めてお会いした時から。

「ひとつだけ聞かせてください」

「なんだ」

「リザンドラお姉様とバルコニーにいらっしゃったのはどうしてですか？」

それだけが気になっていた。

「ああ、あのうざい娘がそなたの姉か。アランのせいで遅れて会場に行ったことはわかってもらえたな。そなたが見つからなくて、たまたま近くにいたあの娘に知らないかと聞いたのだ」

案内すると言うからバルコニーについて行けばエルゼはおらず、リザンドラがしな垂れかかってくるので、辟易したのだという。

「女性相手に暴力を振るうわけにもいかないしな」

邪険にあしらって逃げ出したらしい。

「そんなことが…」

「この場で誓う。そなたの亡き母にもだ。アンリエッタを愛し、守り続けることを。何があっても、この約束を生涯違えることはない」

「トリスタン様」

「俺の妻になってくれ」

「はい」

トリスタンを真っ直ぐに見つめて答えを返すと、濃青色の瞳が嬉しそうに瞬いた。

祝賀の日。

マルガリテの誕生日でもある今日、伴侶が発表された。

ゴルダドの新たな女王マルガリテの婿には、スペラニアの王子アランが選ばれ、予想外の人選に人々は驚いた。

王宮に招待された周辺国の代表や国内の貴族は、マルガリテに即位と婚約の祝いを述べながら、隣に控えるアランの品定めをした。

ほっそりした婿と対面した招待客の中には、軟弱だと陰口を叩く者もいたが、馬車に乗った二人が手を振りながら過ぎていくのを見守る民の間では、違う噂が広まっていた。

『お二人はずっと手紙のやり取りをなさってきたそうよ』

『初恋ですって』

『密かに愛を育んでこられたのね』

『アラン様、お優しそう』

恋話が好きな娘たちは自分になぞらえて胸をときめかせ、いつかアランのような人と結婚するのだと夢見る。

『なんでも、仲立ちしたのは四姫アンリエッタ様らしいよ』

『そのアンリエッタ様は、アラン様の兄上、スペラニアの王太子殿下と結婚が決まったんだって』

突然馬車に乗るよう言われたエルゼは、わけがわからないままトリスタンと一緒にマルガリテの馬車の後について街道を走った。

『アンリエッタ様はお針子の娘らしいけど、どんな方なんだろうね。表にお出にならないから一度も見たことがないよ』

『ほら、次の馬車に乗ってるって』

『あらまぁ、見て、なんて愛らしい姫様だろう』

沿道には多くの民が集まっていて、二台の馬車は大歓声に包まれた。民は思い思いに手や旗を振ったり、馬車に向かって花を散らしたりして祝ってくれていたが、エルゼは緊張しすぎていてほとんど覚えていない。

パレードを終えたマルガリテとアランは、今、大広間の中央で軽やかに踊っている。

マルガお姉様、嬉しそう。

白い肌を引き立てるマルガリテのドレスは群青色で、アランの瞳の色に似た色だ。姉がこの手の濃い青色系のものを好むのは、アランの瞳からきているのだろう。そして、アランのカメオピンクの衣装は、きりっとした群青色のドレスにしっくりと合っている。

戴冠式に顔を出していた国王の姿は、体調を崩されたと発表されてこの場にはなかった。

トリスタンは、失意のどん底なのだろうよ、と笑っていた。

それというのも、昨日いきなり王妃との離縁を王宮議会に出した国王は、議会に突っぱねられた挙句、皆に王妃支持の姿勢を示され、面目を失ってしまったのだ。

大国ゴルダドを統べる立派な国王だとエルゼは思っていたが、そうではなかったようだ。

見えているものがすべてではない。見えていないもののほうが多いかもしれんぞ。

「さあ、あなたたちもお行きなさい」

エルゼの背中を王妃が押す。

温かな眼差しの奥に、王妃はどれほどの苦労と悲しみを隠しているのだろうか、と思う。

お母様と語らうことはできないけれど、王妃様との時間はあるわ。

エルゼが望めば王妃はいくらでも時間を作ってくれるだろう。遅くはない。これから向き合えばいい。

今すぐには無理でも、いつか王妃をお母様と呼べたら、と思う。

「楽しんでいらっしゃい」

王妃に頷き返すと、マルガリテたちが踊る中央を見て、エルゼはごくりと唾を飲んだ。

舞踏会で好きな人と踊るのは夢だったけれど、これだけ多くの人が見ている中で踊るとなると、足が竦む。前髪をヘアピンで留めて顔を露わにしているのも、怖気づく要因だ。

そして、あれよあれよと自分の未来が決められていくことに、エルゼは不安を感じてもいた。

スペラニアの王となるトリスタンの妻になることは理解していても、自分は何を成していけばいいのか皆目見当がつかないのだ。

深呼吸すると、繋いだ手を強く握られる。隣を見れば、濃青色の瞳が、怖いのか？　とからかうように細められている。エルゼがちょっと唇を尖らすと、トリスタンは破顔する。そんな小さなやり取りだけで、エルゼの緊張はほぐれてしまうから不思議だ。

この方と一緒にいれば、怖いことなんてないわ。

傍にいてエルゼを守り、導いてくれるはずだから。

「行こうか」

「はい」

トリスタンに手を引かれ、エルゼは大広間の中央に向かう。どよめきが広がり、やがて大きな歓声となっても、エルゼは怯まなかった。

マルガリテとアランがエルゼたちを迎える。姉は満面の笑みを浮かべていた。

姉が急に冷たくなったのは、誤解からだった。

誕生日まで時間も少なくなり、ゴルダドに来ているはずのアランとは会えず、マルガリテは焦っていた。

エルゼが奥庭でアランと話している時、マルガリテは催事の合間を縫って、アランを探して奥庭に来たのだ。奥庭は昔、アランとおしゃべりした思い出の場所だったのだ。そこで、仲良さそうに話す二人を見て、手紙の仲立ちをしたエルゼがアランを奪ったのだと思い、エルゼに嫉妬したのだ。

アランに連れられて薔薇の間に来た姉は、黒い馬の首クッションを抱きしめていた。とんでもない誤解をしてエルゼに冷たい態度を取ってしまったことを謝罪し、クッションのお礼も言ってくれた。そして、マルガリテはエルゼの結婚が決まったことに涙し、自分のことのように喜んでくれたのだ。

エルゼは女王となった姉の手を取り、膝を折って挨拶した。

「マルガお姉様、とってもお美しいです」

「ありがとう、アンリエッタ。あなたもきれいよ。やっぱりスミレ色が似合うわね」

「ありがとうございます」

うふふっ、と二人は微笑み合い、互いのパートナーに手を引かれて踊り出す。

エルゼは装いを紫系の色で統一していた。前髪を押さえているのは、トリスタンがくれたヘアピンだ。

このヘアピンはエルゼにとって思い出深いものになった。

紫水晶のヘアピンは、実は灰簾石(かいれんせき)という遠い異国の石で非常に珍しく、とても高価で、ゴルダドで持っているのはエルゼだけだろうとブレンダが教えてくれたのだ。

ブレンダとヘンリーが先日の舞踏会でヘアピンを見ていたのは、灰簾石ではないかと疑ったからで、エルゼの部屋まで来たのも現物を手にして確かめたかったからだった。

ブレンダは博士として、ヘンリーと連名でその事実を公式に発表した。これはエルゼのためというよりも、ブレンダの性格の表れかもしれない。自分が主催した舞踏会での出来事だったのと、間違った知識が許せなかったようだ。これでエルゼの名誉が回復することとなったので、エルゼはブレンダの行いに心から感謝していた。

そのブレンダとヘンリーがダンスに加わった。頭脳明晰(ずのうめいせき)な二人がぎこちない踊りを披露し始める。ダンスは苦手なようだ。

「ゴルダドの民は、そなたを美しいと言っていたな」

エルゼをリードしながらトリスタンが言った。そのトリスタンは全身漆黒で、銀色のボタンや房飾りで華やかさを出している。唯一、衿元(えりもと)のスカーフはエルゼのドレスと同じ色に合わせていて、なかなか憎い演出をしてくれた。

「美しいなんて嘘です」

「嘘ではない。聞こえていなかったのか?」

沿道の人々が手を振ってくれてとても嬉しかったけれど、ピンで前髪を上げて留めているエルゼは、多くの人の視線に晒され、固まっていたのだ。

「俺もそう思っている。ここにいる誰よりも美しい」

髪に口づけを落とす。

「トリスタン様、人前ではおやめくださいとあれほど…」

「恥ずかしがり屋だな。おっ、アランはマルガリテ姫の頬に口づけたぞ。ならば俺は…」

「今はダメです」

トリスタンがくすっと笑う。

「わかった。今は、な」

意味深な言い方に、エルゼは頬を染める。トリスタンに抱かれた長い夜を思い出してしまったのだ。

求婚を受けた夜、甘く、激しく、エルゼは愛された。あの翌日は身体が辛くてなかなか起きられず、今日が祝賀の日でなくてよかったとベッドで昼過ぎまでまどろんでいた。

「身体はもう辛くないか？」

「ですから、こういうところで…ぁ…」

焦ったエルゼがステップを間違えて足を踏んでも、トリスタンは何事もなかったかのように踊り続ける。エルゼが失敗したと、周りで見ている人々は誰も気づいていない。

「ごめんなさい。痛かったでしょう？」

「軽いそなたが乗っても大したことではない。それに、俺がからかったからだ。気にするな」

トリスタンのリードは完璧で、エルゼは身を任せて動きについていくだけでよかった。まるでふわふわと身体が浮いているような心持ちだ。

「ダンスはお好きではないとおっしゃっていたのに、とってもお上手です」

「好きではないと言ったが、下手だとは言わなかったぞ」

「まあっ」

社交界デビューを果たした双子の妹たちが、エルゼに向かって手を振る。若草色のドレスにエルゼの刺繍したショールが愛らしい。

「あの双子たちは、そなたが好きなのだな」

俺は盗人扱いされている、とトリスタンが苦笑いする。

双子はエルゼが結婚したらスペラニアに行くと聞き、行かないでと泣いた。専属のお針子扱いしていると思っていたが、違っていたようだ。エルゼの考えるデザインや色使いが大好きで、アンリエッタお姉様のようになるのと言ってくれたのだ。

手芸の腕は散々なので物作りには向いていないようだが、彼女たちはこれからゴルダドのファッションリーダーになるかもしれない。

「ぱっつんが来たぞ」

「えっ」

リザンドラとウサイが踊り始めた。ウサイはちらちらとエルゼたちを見るが、そのたびに、リザンドラは自分のほうを向かせようと必死になっている。

「リザンドラお姉様は、やっぱりウサイ王子のことがお好きなのね」

「幼い頃からつるんでいるのだろう？　ぱっつんの性格や態度は、あの姫が作り上げたのだ。互いに依存しているのさ」

「華やかな二人はお似合いです」

リザンドラは好きな人のためならなんでもしてあげたくなるようで、ダンスのパートナーにウサイを勧めたのも、エルゼと踊りたいというウサイの望みを叶えたい一心だったようだ。

「あの姫、ぱっつんに焼き餅を焼かせたくて、俺に迫ってきたのだぞ。俺を排除しろと言われたら、殺しに来そうだ」

「恐ろしいことを言わないで」

「蓼食う虫も好き好きだな。いや、破れ鍋に綴じ蓋か」

酷い言われようだ。

虐められたり、嫌がらせされたりしたけれど、意外と乙女だったのね、とかわいく思えてしまうのは、リザンドラが姉ではなく実は妹だったという事実を王妃から聞かされたからかもしれない。

一日早くお針子が国王の子供を産んだことを、プライドの高いリザンドラの母は我慢ならなかったようだ。実家の侯爵家の力を使い、自分が先に産んだことにして事実を歪めたのだ。国王に愛されたと思っていたら、他の女と、それもお針子と二股をかけられていたのだから同情する点はある。

「腹の足しにもならんプライドだな」

「トリスタン様ったら」

「他人を羨んだり妬(ねた)んだりしても、幸せにはならぬ。そなたの母上はそんな気はさらさらなかったのだろうから、独りよがりだったのさ」

母は国王をどう思っていたのだろう。

絶対的な力を持った相手だ。天災に見舞われたようなものだと諦めて、受け入れていたのだろうか。

穏やかで優しい女性だった。

アラン様と似ているんだわ。だから、あの方とおしゃべりしていると胸の奥が温かくなったのね。

マルガリテと見つめ合って踊るアランの姿がある。

姉の瞳にはアランの、アランの瞳には姉の姿しか映っていないのだろう。

もし、王妃が視察に出なければ。

もし、アランが静養に来なかったとしたら。

エルゼが北の棟に移らず、リザンドラやその母のプライドがなかったら。

あのウサイ王子の存在も、少なからずエルゼの人生に影響を及ぼしている。

様々な、もし、が混ざり合って、エルゼはトリスタンと出会った。

「私が今の私でなかったら、あなたとお会いする機会は得られませんでした」

「それはどうかな。きっと、なんらかの形で出会ったことだろうよ」

トリスタンは揺るぎない。

「どんな出会いだったとしても、俺はそなたに求婚したさ」

エルゼの身体がふわりと浮かび、人々の歓声が上がった。トリスタンがエルゼを抱き上げたのだ。そのまま、くるくると回転して、さらに会場を湧かせる。

「トリスタン様！」

トリスタンはエルゼの唇をちゅっと啄んで破顔する。

濃青色の瞳に、
この思いを、今、伝えたいと思った。

「愛しています。これからもずっと、あなただけを」

王太子は我慢できない

Honey Novel

明かりの灯された廊下を、エルゼは時々小走りになって歩いていた。

少し前をトリスタンが難しい顔をして歩いている。部屋まで送ると言ったのに、エルゼのことを忘れてしまったかのように、広い歩幅でどんどん違う方向に進んでいってしまう。エルゼが話しかけても次第に返答が途切れがちになり、それからはずっとこんな調子で歩いているので、エルゼは遅れまいと必死だった。

何か気に障ることでもあったかしら。

トリスタンの広い背中に視線を当てながら思い返してみても、それらしい理由がひとつも浮かばない。

もしかして、婚約なさったことを悔いていらっしゃるんじゃ…。

『飯屋にいてさ、いい雰囲気になって結婚してくれって勢いで言っちまったんだけど、ちょっと失敗だったかも』

馬丁か庭師か衛兵か、生け垣の向こうで顔も知らぬ若者が友人に話しているのを、通りすがりに聞いたことがある。若者は恋仲の娘に求婚したものの、翌日になってじっくり考えてみたら、早まったのではないかと後悔したようだ。

大勢の前で申し込み、その場で相手からＯＫの返事を貰って祝福されてしまったので、今さらなかったことにもできず、このまま結婚するのかぁ…、と嘆いていた。

その時は、そんなこともあるのだと聞き流した。人の気持ちはうつろいやすいものだし、自分が求婚されるなどと夢にも思っていなかったから…。

トリスタン様も同じなのではないかしら。

あの若者と同じように、彼の頭の中は後悔の念でいっぱいになっているのではないか。

そんなことはないわ。だって、私を大切にするとおっしゃったもの。

トリスタンに聞けばいいのだ。何を考えているのか、と。

しかし、求婚を取り消すと言い出したらと思うと、怖くて聞けない。

エルゼは広い背中を見つめる。

もし、そうだと言われたら…。

考え始めると涙が滲(にじ)んできた。

薔薇(ばら)の間でトリスタンの求婚を受けたエルゼは、幸せいっぱいだった。こんなに幸せでもいいのだろうかと逆に不安になったほどだ。

王妃とセレに婚約を祝福されていると、アランに連れられてマルガリテが薔薇の間にやってきた。

「アンリエッタ、ごめんなさい」

姉の話から、これまでの冷ややかな態度の原因もわかり、誤解も解けた。姉とアランからも祝福を受けたエルゼは、喜びもひとしおだった。

国王が、母や自分に対してなんの感慨も持っていなかったことは残念だったけれど、かえってこれでよかったのだと思った。

考えてみたら、出自に囚われていたのは自分自身だったような気もしたから。

これからは肩書きや出自よりも、ひとりの人間として前向きに生きていこうと思ったのだ。

「なんだかお腹がすいてしまったわ」

王妃の言葉でエルゼも空腹を感じた。薔薇の間に来るまでは食事をする気にもなれなかったのに、現金なお腹だと自分でも呆れる。

王妃の優しさを知り、姉とのぎくしゃくした関係が改善され、何より、トリスタンと思いが通じ合ったことで、張り詰めていたものが緩んだからだろう。

王妃の希望で食事をすることが急遽決まった。侍従長は王妃の予定変更の手配に動き、セレは調理場へ走る。

ミラが首を長くして帰りを待っているだろうから、心配しないように伝えて欲しいとセレに頼んだ。

結婚が決まったと知ったら、ミラはどんなに驚くかしら。

相手がトリスタンだと知った時のほうが驚くかもしれない。

小間使いの仕事に誇りを持っているミラは、トリスタンに門番とからかうように言われるのが嬉しくないようで、口にはしないがトリスタンを毛嫌いしているのだ。

でも、きっと喜んでくれるわ。

五人は食事の用意された楓の間へと移動し、囲んだテーブルは和気藹々とした雰囲気で、会話が弾んだ。

マルガリテはエルゼの作った黒い馬の首クッションの出来のよさに礼を言い、アランには対となる白い馬の首クッションを作る約束をした。

アランの馬の首クッションがエルゼ作だと知ったトリスタンは、俺には何もないぞ、と恨めしそうな顔をし、エルゼが染物まで手掛けることに驚いた王妃は、やっぱりアリスの娘ね、と涙ぐんだ。

一番盛り上がったのは、トリスタンの旅の話だった。とても興味深く、エルゼだけでなく王妃やマルガリテ、アランまでもが身を乗り出して、帆船での暮らしぶりや異国のことなどに聞き入った。

嵐に遭って転覆寸前だったこともあったと聞き、エルゼは思わずトリスタンの手を握ってしまった。

「危険な目には何度も遭ったが、諦めたことはない。俺は悪運だけは強いのだ」

「ご無事でよかったです」

「そうだな。海の藻屑と消えていたら、そなたに会えなかった」

繋いだエルゼの手にトリスタンが唇を寄せる。エルゼは恥じらって手を引くけれど、トリスタンが離すはずもなかった。

人前で臆面もなくこういうことをするトリスタンに、なかなか慣れそうもないが、それは幸せな悩みなのだ。

「これでだいぶ肩の荷が下りたわ」

王妃がしみじみと呟く。気苦労も多かったのだろう。その一端に自分の存在があったのだと申し訳なく思う。

だから、幸せになろうと思う。なるためにも努力は必要なのだと。

まったく知らない国。新たな環境。いずれなる、王妃という立場。トリスタンの妻として上手くやっていけるのかという不安を、拭い去ることはできない。

悩むことも、壁にぶつかることも、大小はあれ、誰もが直面することだ。

きっと乗り越えていける。トリスタン様が助けてくださるわ。

トリスタンを、そして、自分を信じようと思った。

「トリスタン殿、こちらの都合に合わせていただくようで申し訳ないのですが、年内にマルガリテとアラン殿の挙式を行いたいのです」

「異存はありません。婿が決まれば結婚式の日取りが発表されるとの話を、ゴルダドに来て聞きました。当のアランは今からでも結婚式を挙げたい様子だ」

「兄上！」

「マルガリテも同じね」

「お母様！」

マルガリテとアランの慌てた様子が微笑ましくて、エルゼはくすっと笑った。

「早急に誰か寄こすよう、明日にでも国へ早馬を出します」

王妃はスペラニア国王への親書を早馬に託したいとトリスタンに頼んだ。

「スペラニアには急なことですから準備も大変でしょうが」

「なんの、その後には我らの結婚式もありますから」

「そうですね。マルガリテとブレンダの結婚準備は進めてきましたが、アンリエッタの支度はすぐにでも始めなければなりません」

「ブレンダ姫も嫁がれるのか」

トリスタンがエルゼに聞いた。

「宰相家のヘンリー様と結婚なさるのです」

マルガリテとアランの文通恋愛と同じく、ブレンダとヘンリーの婚約期間も長い。

「ブレンダお姉様がご婚約なさって、十年くらい経つでしょうか。マルガお姉様の婚礼が済むまではと、ブレンダお姉様は待っていらしたんですものね」

エルゼが言うと姉は頷いた。

「先に嫁いでもらってもよかったのよ。宰相家も望んでいたし。なのに、私の結婚を一番目にすることに、お父様が妙に拘ってしまって」

姉も国王に対しては物申すことがあるようだ。

「議会で承認されたことですから、ブレンダとヘンリー殿も納得してくれています」

「ゴルダド王妃、俺とアンリエッタの結婚はブレンダ姫の後ということか」

「ええ、そうなります。アンリエッタがゴルダドにいるのは、二年くらいなのね」

「二年？　ブレンダ姫の結婚が済めば、アンリエッタをスペラニアに迎えられるのでは？」

トリスタンがワインの入ったゴブレットを手に首を傾げる。

「婚礼品を揃えるのに、時間がかかるのです」

トリスタンが口を開くと、王妃は軽く手を上げて遮った。

「おっしゃりたいことはわかります。身ひとつで十分とおっしゃってくださるのでしょう。ですが、親心とご理解ください。ゴルダドの姫として恥ずかしくない支度をして送り出したいのです。何しろ、これまで何も準備してきませんでしたから、一から始めなければなりません」

王妃は自分が陣頭指揮を執ると言った。

それほど立派なものを誂えてもらわなくてもいいのだけれど…。

「ここはお母様にお任せして、あなたは嫁ぐ日を待っていればいいのよ。その日はあっという間に来るわ」

エルゼの心を読んだように、姉は微笑んだ。

二年だと。二年間も待たねばならぬというのか。

トリスタンは心の中で吐き捨てた。

楓の間では抑えていた苛立ちが、部屋を出てからは徐々に大きくなっていった。自然と足が速くなる。

求婚してアンリエッタが頷いてくれた時、天にも昇る心地だったが、今は奈落の底に突き落とされたようだった。

腕の中にいたアンリエッタが、どんなに縛めてもするりとすりぬけて、逃げていってしまったような錯覚を覚える。

マルガリテの結婚は決まっていたことだ。その相手が弟アランとなれば、彼らを優先しなければならないのは当然だ。

俺にもそのくらいの分別はある。

病弱だったアランをトリスタンはかわいがった。トリスタンだけでなく、スペラニアすべてが、アランを愛していると言っても過言ではない。幸せになることを願っているし、そのためにはゴルダドに婿入りするのが一番だと考えて、トリスタンもここまで来たのだ。

まさか、見合いの姫を好いているとは思わなかったが…。

ゴルダドでは二姫ブレンダの結婚が予定されているという。さらに、支度に二年は必要だと言われてしまった。

祝賀が終わったら、アンリエッタをスペラニアに連れていってしまおうか。

そう考えて、ダメだ、と否定する。ゴルダド王妃の顔が浮かんだのだ。

女傑だ。

柔和な微笑みの奥に、あれほどの激情を抑え込んでいたとは驚きだった。

大国を動かす冷静な判断力だけでなく、私情をまったく見せない鉄の心も持っている。敵に回すと恐ろしい。

王妃が自分に心を砕いていることを知ったアンリエッタは、亡き母の思い出を語り合う時を望むだろう。王妃は婚礼準備の陣頭指揮を執るとまで言っていたから、駆け落ちのようにスペラニアへ連れていけば、ゴルダド王妃のどんな報復が待っているかわからない。その前に、アンリエッタはそんな形では行きたくないと拒むはずだ。

たかが二年くらいと王妃は笑うだろう。二十年もぼんくら国王につき合ってきたのだから。

その娘のマルガリテは、その日はあっという間だと言っていた。十年も文通だけで満足していただけのことはある。

だが、トリスタンにとって二年は、遥か彼方の遠い未来だ。

やっと、出会えたのだ。心から欲しいと思える女性に。

変わった娘だ。芯が強いのに脆い、不思議な娘だ。生い立ちを聞けばさもありなんと思ったが、大国の姫らしからぬ質素な暮らしぶりや、お転婆なのに品がよく、控えめで飾らない性格が好ましかった。

トリスタンはかなりモテる。旅に出れば、行った先で美しい女性に出会う機会は多々あったし、肌を合わせた女性も少なくない。

しかし、どんなに美しくても、どれほど魅惑的でも、欲しいと思ったことはなく、ましてや妻にと望んだ女性はいなかった。

自分でも不思議なくらい、アンリエッタに惹かれている。

初めて会った時から……。

すみれ色の瞳に囚われてしまったのだ。

アランを見合いに引っ張り出すことに苦心していなければ、毎日、一日中でも口説いていただろう。

摘まみ食いしたのが失敗だった。滑らかな肌や、魅惑の蜜壺を知ってしまったら、触れずにはいられなくなってしまう。

二年か…。一年ならまだ…。いや、一年でも待てるかっ！

トリスタンは足を止めた。

「きゃっ」

背中にアンリエッタがぶつかった。急に立ち止まったからだろう。トリスタンは振り返った。

アンリエッタが不安げな顔で見上げている。

「なかったことにしたいのですね」

声が震えていた。

「なかったことと？」

意味がわからず、トリスタンは訝しげな顔をして問うた。

「ずっと考え事をしていらっしゃいました。結婚のお話をなかったことになさりたいのではないですか？」

「は？」

エルゼはある若者の話をし出した。

「トリスタン様は後悔なさっていらっしゃるのでしょう？」

ああ、そうだった。アンリエッタはそういう娘だった。

「すまん。苛立っていたのだ」

「早まってしまったと思って…」

「違う！　二年だぞ」

「え？」

「そなたとの結婚を二年も待たねばならんのが腹立たしいのだ」

すみれ色の瞳が見開かれた。みるみる涙が浮かんでくる。

「苛立ちを知られたくなくて黙していたが、不安にさせてしまったのだな」

自嘲すると、アンリエッタが腕の中に飛び込んできた。華奢な身体を抱きしめると、甘く馨しい芳香が鼻腔を擽る。愛おしくてたまらない。

「愛している。二年なんて待てない。今すぐにでもそなたを俺のものにしたい。だが…」

「してください」

小さな声がした。

まさか、アンリエッタが自分から言うとは思わなかった。

「冗談だと思っているのだろう。俺は本気で…」

「あなたのものになりたい」

溜息のように囁いて顔を上げたアンリエッタは、明かりに照らされて神々しいほどに美しい。

トリスタンは白い真珠が覗く唇に、恭しく口づけた。


口づけの後、トリスタンはエルゼを抱き上げると、勢いよく走りだした。

「トリスタン様」

トリスタンは飛ぶように走る。エルゼは慌ててトリスタンの首に両腕を回した。

「落としはしないが、しっかり摑まっていろ」

私、これからこの方と…。

ときめきに胸が苦しくなるけれど、覚悟は決めていた。ずっとそうなりたいと、心のどこかで思っていたのだ。

トリスタンが向かったのは、滞在している部屋だった。取っ手を捻るのもそこそこに、蹴って扉を開ける。

「ジョー様、船室じゃねえんですぜぇ…っとぉ」

無人かと思った部屋には人がいた。トリスタンの従者だろう、振り返って、トリスタンがエルゼを抱いているのを見て、おっ、という顔をした。

エルゼは首に回していた腕を離し、下ろしてください、と小声で頼むも、ジョーは知らん顔だ。

「こりゃあ、首尾は上々ってこってすな」

トリスタンよりも年上の、白い歯を見せて笑う従者は、トリスタンと同じくらい日に焼けている。航海にもつき従っていると想像できた。

「アランの婿入りも決まったぞ」

「それはめでてぇこって」

明日、知らせの早馬を出すこと、王妃の親書も運ぶことや、他にいくつかの指示を出すと、従者は、アイ・サー！　と歯切れのよい返事をした。

「あのっ、アンリエッタです」

「知っておりゃ…っと、これは失礼いたしました。存じ上げております。ゴルダド四姫アンリエッタ様。主(あるじ)のこと、よろしくお願いいたします」

従者はにっと笑って深々と腰を折ると、機敏に身をひるがえした。出された指示の手配をしに行ったのだ。

「邪魔者はいなくなった」

トリスタンはエルゼを抱いたまま寝室に入り、まるで壊れものを置くようにエルゼをリネンのシーツの上に座らせた。

小さな灯が揺れている。その揺れが緊張を増長しているようで、身体が震えてくる。

「怖いのか？」

向かい合って座ったトリスタンが聞く。エルゼは頭を振った。

「怖くはないのです。緊張しているだけで」

「武者震いか」

こういうのを武者震いというのかしら？

考えていると、トリスタンは王妃の留めたピンを外した。

小さな明かりひとつでは、濃青色の瞳は黒に見える。

その瞳が、本当にいいのか？　と問うている。

エルゼは微笑んで目を閉じると、噛（か）みつくような口づけが降ってきた。

すべてを奪い尽くされるような口づけに、エルゼは必死になってついていく。

互いの舌を絡ませ、吐息を奪い合い、唾液を交換し合う。次第に翻弄されて、エルゼは口づけに溺れた。

トリスタンはゆっくりと丁寧に、ドレスを剥（は）いでいく。エルゼは自らドレスを脱ぐ手伝いをしたが、なぜか手が上手く動かなくてあまり役に立たなかった。

トリスタンはエルゼを押し倒して横たわらせると、自分は傍らに座り、一糸纏（まと）わぬエルゼを見下ろした。

見ていらっしゃる。

トリスタンの視線で肌がちりちりする。全身が熱くなって、視線だけで腹の奥がうずうずしてきてしまう。

気づかれないように太腿（ふともも）を固く閉じても、疼（うず）きは強くなる一方だ。見られていることへの羞恥心を、もっと見て欲しいという欲望が押しのけていく。

「美しいそなたのすべてを手に入れる」

トリスタンは感慨深げに言って、上着とシャツを脱ぎ捨てる。

上半身が露（あら）わになった。身体は想像していた以上に鍛え上げられていて美しく、エルゼは目を奪われた。

触れてみたい。

そう思ってエルゼが手を伸ばそうとしたら、右胸の尖（とが）りを摘まれた。

「っ……んっ……」

全身が総毛立った。

「感じやすいのか、感じやすくなったのか」

笑いを含んだ声に、エルゼはちょっぴり眉を顰（ひそ）める。

私の身体が変わったのは、トリスタン様のせいなのに。

「異論がありそうだが、後で聞こう。今は、そなたを味わいたい」

両の乳房を大きな手で包み込み、トリスタンは肉の感触を楽しむように指を喰（く）い込ませる。

尖りを指で捏(こ)ねられると、じんじんとした快感が全身に広がっていき、乳房は張り詰めた。

赤く色づいた乳首にむしゃぶりつき、舌を這(は)わせては転がし、唇で吸い上げる。敏感になった乳首は痛みが快感になっていた。

トリスタンが乳房に齧(かじ)りつくので、以前のように痕(あと)がつくほど噛まれるのではないかと身が竦(すく)む。

「噛んじゃ、や…っ」

「あれはもうせぬ。虫除(むしよ)けのためだったのだから」

肉に歯を立てはしても、強く噛む気はないようだ。

その代わり、柔らかな肌の上に口づけを降らせ、花びらのような朱痕を残す。そして同時に、大きな手が微細にわたって、エルゼの感じるところを暴いていく。

「あぁ…」

エルゼは甘い吐息を吐き出す。肌を撫(な)でられるだけで感じてしまうのは、トリスタンの手だからだろうか。

「そこは…あっ…」

脇腹が擽ったくて身を捩(よじ)ると甘噛みされ、それがまた快感を生む。ころりと俯(うつむ)けにされれば、今度は背中に口づけが降る。

舌が背筋に沿って這う。エルゼは身体をしならせた。それをされるとぞくぞくして、動かずにはいられないのだ。

首筋から胸、腹へと、トリスタンの口づけは徐々に下りていく。白っぽい金髪は、明かりに照らされてきらきら輝き、エルゼは快感に咽(むせ)びながら、まるで真夏の木漏れ日のようだと思った。

下草を擽り、尻のまろみを撫でて、トリスタンはエルゼの膝裏に手をかけると、ぐっと持ち上げて左右に開いた。

「やっ…」

抵抗する気はないのだけれど、反射的に足を閉じようとしてしまう。

蜜壺は愛撫(あいぶ)のたびに蜜を身体の奥から汲(く)み上げているので、すでにとろとろと溢(あふ)れてきていたからだ。

「アンリエッタ、見せてくれ」

トリスタンは無理強いしなかった。あくまでも、エルゼが自主的に見せるのを期待しているようだ。

ううう、恥ずかしい…。

一度見られている。とはいえ、恥ずかしいことには変わりない。きっと一生恥ずかしいと思うのだろう。

エルゼはおずおずと両足を広げ、秘めたる場所を露わにした。

「ああ、もうこんなに濡らして」

見られていると思うと、蜜壺がぴくぴくと勝手に蠢いてしまう。

どうして…。

「俺を誘っているのか？」

「ちがっ…、ひっ！」

前触れなく、トリスタンが蜜壺に指を埋める。たっぷりと蜜を蓄えているからか、難なく指を飲み込んでしまう。

くちゅりと引き抜かれ、ぐちゅっと突き入れられる。

「…く…ぅぅ…」

卑猥な音が部屋に響き、エルゼは両手で耳を押さえた。

愛し合うことは、夢物語のように美しくふわふわとした形のないものではない。

淫猥で、生々しくはっきりとそこに存在するのだ。

そう、今まさに、身体の中を弄っているトリスタンの指のように。

トリスタンは指の動きを次第に速め、さらに一本、二本と本数を増やして、狭い蜜壺の中の蜜を搦め捕るように指を動かす。

「ひぅ…、ふ、ぅっ」

痛みはなく、少し残っていた違和感は快感に飲み込まれていく。

蜜が溢れて流れ出す。肌を舐(な)め、リネンのシーツに落ちて広がっていく。

「んっ、く…ぅぅ…やっ、ぁぁ」

「ここがいいんだったな」

「……ひっ！　ぁぁ、やぁぁぁっ！」

トリスタンが指で肉筒を削る。たまらない快感にエルゼは頭を振った。黒髪がうねうねと白いシーツの上を這う。

巧みな手淫にエルゼは嬌声(きょうせい)を上げていたが、トリスタンはさらなる愛撫を展開した。舌先で花弁をいたぶり始めたのだ。

中と外を弄(いじ)られ、快感が一気に襲ってくる。

嬌声が抑えられない。

意識がもうろうとしてくる。

視界がぼやけ、エルゼは意識を飛ばした。

ちゅっと唇を啄(ついば)まれ、エルゼは目を開けた。

「大丈夫か？」

「私は…」

トリスタンがすぐそこで覗き込んでいる。

「達してしまったようだ」

エルゼには意味がわからなかった。

トリスタンはくすっと笑ってエルゼに口づけると、両足を左右に抱え上げ、熱くたぎったものを秘部にあてがった。

「…っ…」

「これからが本番だぞ」

トリスタン様とひとつになるんだわ。

俄(にわ)かに緊張してきた。

「怖いか？」

「トリスタン様となら怖くない」

正直に言えば、少しだけ怖気(おじけ)づいている。しかし、ひとつになれるという喜びのほうが大きかった。

ぐうっと昂(たかぶ)りが押し込まれてきた。

「はっ…っ…ぅぅ…」

激しい痛みだった。指で愛撫されたとはいえ、大きさがまったく違うのだから当たり前かもしれないが、想像していた以上に痛い。

熱した巨大な杭(くい)が、身体の中へと打ち込まれてくる。

「力を抜け、アンリエッタ。歯を食いしばるな」

エルゼは無理だと首を振った。抜きたいのは山々だが、どうやって抜けばいいのかわからない。

トリスタンがエルゼの身体を愛撫し始めた。ささやかな快感を得て少し弛緩する。ほうっと息を吐くと、巨大な杭が身体の奥へと進んでいく。

「……ぅ……くぅ……」

エルゼは息を吐き、必死になって杭を受け入れようと努めた。

どのくらいの時間が経ったのか。果てしなく長い時だったように思える。

トリスタンがエルゼの頬に触れた。

固く目を閉じて眉根を寄せていたエルゼが目を開けると、トリスタンが見下ろしていた。

秘部がいっぱいに広がっていて、身体の真ん中に異物が入り込んでいる。苦しくて辛い。

だが、中にいるトリスタンも自分と同じなのではないか。

「だ、いじょうぶ、です、か？」

トリスタンが目を見張った。

「そなたこそ」

「平気、です」

強がりだとわかっているのだろう。トリスタンは微笑んだ。

「そうか。平気か。だが、辛いのはこれからだぞ」

エルゼは頷いた。

「愛している、アンリエッタ」

トリスタンが口づけようと身じろいだだけで苦しいけれど、耐えられると思った。

辛くても、苦しくても、こうして求められることは幸せなのだ。

口づけを交わすと、トリスタンが昂りを引き抜いた。

「……っ」

身体の中身が全部引きずり出されたような気がする。

そして再び、奥へと押し入ってきた。

「……」

声も出なかった。

今度は身体の中身が上へと押し上げられる。

あんなに溢れていた蜜は枯れ果ててしまったのか。トリスタンが動くたび、痛みだけが尾を引く。

トリスタンはエルゼの身体を愛撫し、ゆっくりと出し入れを続けた。

痛みを上書きできるほどの快感は得られないけれど、肌を弄られていると、痛みも苦しみも半減してくる。

「好…き」

苦しい中で、エルゼは伝えた。

「ああ、好きだ。俺もそなたが好きだ」

トリスタンが強く手を握ってくれる。

卑猥な水音が大きくなった。蜜が再び身体の奥から湧(わ)き出してきたのだ。トリスタンの動きが滑らかになり、次第に早く、緩急をつけ出す。

さっきまでゆっくり動いていたのは、きっと自分を気遣って我慢していたのだろう。トリスタンの優しさが嬉しく愛おしい。

「はぅっ、ふ、くぅ……」

指で突かれて悦(よろこ)びを得ていた場所を、今度は昂りが突いてくる。ずん、と突かれ、痛みの後から疼きが広がり、肉壁を昂りがこそげ落とそうとするたび、腰が融(と)けてしまいそうだ。

「あぁぁぁ……」

「ここがいいのだな」

トリスタンが同じ場所を責め立てると、縛めていた肉筒が緩み出し、トリスタンの動きはさらに激しさを増す。

「おうっ、なんていやらしい身体だ。俺を放そうとしない」

「やっ、ぁ…っ」

「いくらでもやる。俺のすべてはそなたのものなのだから」

昂りを飲み込んだ秘部から疼きが全身に広がる。痛みは消えないけれど、それ以上に大きくなった愉悦がエルゼを覆い尽くす。

「ひっ！　……あっ……ふ、……ぅぅ」

トリスタンの動きに合わせて嬌声が漏れる。

荒い息遣いが聞こえる。トリスタンのだろうか、自分のだろうか。

「アンリエッタ」

トリスタンは腰を動かしながらエルゼをかき抱く。言葉の出ないエルゼはトリスタンにしがみつく。

汗ばんだ肌をぴったりと合わせ、二人は愛のダンスを踊り続ける。

トリスタン様とひとつに……。

繋がった辺りは同化してしまっているように思える。自分の身体がどうなっているのかもわからない。

エルゼは身体を揺さぶられながら、遠のく意識を快感の波に乗せた。


疲れ果てたのだろう。アンリエッタはまだ目を覚まさない。

トリスタンは何度も白濁を注ぎ込んだ。何度も昂って、これほど夢中になったことはなかった。

なにしろ、回を重ねるごとに、アンリエッタの肉筒は淫らになっていくのだ。止めたくても止められなかったのだ。

絞り取られたといってもいい。

アンリエッタは健気にも、トリスタンの欲望のすべてを受け止めてくれた。

自分も苦しかろうに、トリスタンの心配をした。そんな娘は初めてだ。

愛おしくてたまらなくなると、トリスタンの心に呼応するかのように分身も昂ってきた。

「いや、もう、ダメだ。ダメだからな」

見境のない自分の分身に向かって、警告を発することになろうとは…。

トリスタンは溜息をついた。

「さて、どうすればいいか」

一度抱いて、部屋へ送るつもりでいた。婚約したとはいえ、アンリエッタの立場は重んじなければならない。だが、もう昼だ。

アンリエッタがここにいることは誰も知らない。

「あの門番…、ミラだったか、大騒ぎしているだろうな」

誰かに伝えに行かせればいいのだが、今は動きたくなかった。アンリエッタの傍から離れたくないのだ。

実は、すでに従者が昨日のうちに上手く立ち回っていたのだが、トリスタンは知らなかった。

王妃が知ったら、と思うと頭が痛くなる。しかし、アンリエッタを抱いたことは後悔していない。

子ができたら…。

「もちろん俺の子だと堂々と公にするさ」

結婚式などという形式はどうでもいいのだ。スペラニアに連れ帰り、国民の前で俺の妻だと宣言すればいいだけなのだ。

「子ができれば連れ帰れるのか…」

トリスタンは眠り続けるアンリエッタと、昂った自分の分身を眺め、考え込んだ。

あとがき

こんにちは。真下咲良です。
お手に取ってくださってありがとうございます。いかがだったでしょうか。
今回、ヒーローの前髪について担当様と激論を交わしました。というのは大袈裟です
が、炎かりよ先生のヒーローラフを元に、前髪をつけてもらうかどうかで担当様はアリ、
真下はナシと意見が分かれ、ヒーローはこうでなくては！　という担当様の力説で、最
終的にアリとなりました。
読者様には、前髪がハラリとあるヒーローをご堪能いただきたいと思います。
でもでも、前髪ナシのもすごくよかったのですよ！
炎かりよ先生、またご一緒できて嬉しいです。すてきなヒーローとヒロインを描いて
くださって、ありがとうございました。

真下咲良

本作品は書き下ろしです

真下咲良先生、炎かりよ先生へのお便り、
本作品に関するご意見、ご感想などは
〒101-8405
東京都千代田区神田三崎町2-18-11
二見書房　ハニー文庫
「気になる貴公子は神出鬼没!?」係まで。

Honey Novel

気になる貴公子は神出鬼没!?

【著者】真下咲良

【発行所】株式会社二見書房
東京都千代田区神田三崎町2-18-11
電話　03(3515)2311［営業］
　　　03(3515)2314［編集］
振替　00170-4-2639
【印刷】株式会社　堀内印刷所
【製本】株式会社　村上製本所

落丁・乱丁本はお取り替えいたします。
定価は、カバーに表示してあります。

ISBN978-4-576-19199-7

https://honey.futami.co.jp/